AF307238

Le Colporteur
et le Marinier

des bords de Loire

Conception et réalisation graphique : Geneviève Bellissard

Image de couverture : Quai de la Fosse à Nantes *(détail), publiée
dans* La France de nos jours, *lithographie, Asselineau, 1863,
© Château des Ducs de Bretagne - Musée d'histoire de Nantes.*

© Édition originale : éditions CLD, 1986.

© ANÉPIGRAPHE EDITIONS, 2024
anepigraphe-editions.fr

ISBN 978-2-9590209-2-6

Marie-France Comte

Le Colporteur
et le Marinier
des bords de Loire

Tome 2

Nouvelle édition

Avertissement au lecteur

Bien évidemment, il y a la part du romanesque, mais sur le fond, les faits historiques sont bien là, les textes cités sont authentiques.

Merci aux archivistes (municipaux, départementaux), aux bibliothécaires, responsables des fonds anciens, aux collectionneurs privés, votre travail de conservation a été essentiel pour me permettre de conduire mon entreprise : faire revivre les grandes heures du fleuve.

Les textes en italiques sont des textes originaux.

À mon Panthéon personnel…

L'Histoire est un roman, tout le peuple est l'auteur.

Alfred de Vigny, *Cinq Mars*

Ne voyez-vous pas de vos yeux la chrysalide du fait prendre par degré les ailes de la fiction ? [...] formé à demi par les nécessités du temps, un fait est enfoui tout obscur et embarrassé, tout naïf, tout rude, quelquefois mal construit, comme un bloc de marbre non dégrossi ; les premiers qui le déterrent et le prennent en main le voudraient autrement tourné, et le passent à d'autres mains déjà un peu arrondi ; d'autres le polissent en le faisant circuler ; en moins de rien il arrive au grand jour transformé en statue impérissable. Nous nous récrions ; les oculaires entassent réfutations sur explications ; les savants fouillent, feuillettent et écrivent ; on ne les écoute pas plus que les humbles héros qui se renient ; le torrent coule et emporte le tout sous la forme qu'il lui a plu de donner à ces actions individuelles. Qu'a-t-il fallu pour toute cette œuvre ? Un rien, un mot, quelquefois le caprice d'un journaliste désœuvré [...] et y perdons-nous ? Non.

Alfred de Vigny, *Cinq Mars*

1

1ᵉʳ janvier 1847

Depuis la mort du Breton, son dernier coéquipier, Tourangeau vivait en solitaire à bord de sa gabare. La Loire était sa seule compagnie. Entre elle et lui, la connivence était totale. À force de se fréquenter, de s'observer, de se chamailler, Tourangeau en était arrivé à distinguer aux seuls mouvements de ses eaux, un soupir de lassitude d'un grondement de révolte, un ricanement de mépris d'un ronronnement de plaisir.

Seuls quelques hommes du fleuve avaient ce privilège.

Chaque onde qui léchait la coque, chaque frottement contre l'étrave était un avertissement au marinier. Impossible, même durant le sommeil, d'échapper au fleuve.

Tourangeau surveillait la remontée sans prêter attention à ce qui se passait sur la rive. Il finit par percevoir un appel. Il tourna la tête dans la direction d'où semblait venir le bruit. Sur la levée, un homme s'ingéniait à se faire remarquer, mêlant voix et gestes.

Tourangeau changea de cap pour se rapprocher de la rive. Façonnant ses mains en porte-voix, il cria, détachant chaque syllabe pour avoir quelque chance de se faire entendre :

– Que voulez-vous ?

– Monter à bord.

– Ici, ce n'est pas possible. Allez jusqu'aux grands saules, là-bas.

D'un signe, l'homme indiqua qu'il avait compris. Il se mit aussitôt en marche. Malgré le coffre qui lui battait les reins, il accéléra le pas afin de ne pas manquer la gabare.

La Confiance peinait à la remontée. Le vent, qui gonflait péniblement sa voile, était à peine supérieur au courant qui contrariait sa progression. L'homme dévala le raidillon qui menait au fleuve, s'engagea sur les laies, se fraya un chemin à travers les hautes herbes que les crues hivernales n'avaient pas encore englouties.

Tourangeau ne pouvait prendre le risque de se laisser surprendre par le léger ressac et d'échouer *La Confiance* sur des fonds incertains. Même en manœuvrant habilement, il apparut vite que si l'homme voulait monter à bord, il lui faudrait d'abord prendre un bain.

En ce début janvier, cette perspective aurait tempéré bien des ardeurs, mais l'homme semblait d'une solide trempe. Vif pour ne pas manquer la gabare qui poursuivait péniblement sa progression, l'homme retira ses vêtements, les bouchonna, hissa son coffre sur sa tête et entra hardiment dans l'eau. Il lui fallut s'enfoncer jusqu'au thorax pour atteindre *La Confiance*. Tourangeau lâcha la piautre un bref instant, chopa d'une main sûre le coffre, délivrant l'homme de son fardeau et lui permettant de s'agripper au flanc du bateau.

Tourangeau mena *La Confiance* en sécurité, loin de la rive. Le gaillard était sur le pont. Transi, il se donnait de grandes tapes sur le corps pour se réchauffer et activer la circulation de son sang un moment figé. Tourangeau lui tendit un linge pour se sécher, puis il alla chercher la goutte remisée dans la cabane :

– Bois, ça va te faire du bien !

L'homme ne se fit pas prier et porta résolument le goulot à ses lèvres.

– C'est d'la bonne !… Je m'présente : Manolo, marchand ambulant, colporteur si tu préfères. Je suis capable de te procurer tout ce que tu peux souhaiter. J'ai là dans mon coffre quelques merveilles d'ingéniosité…

– Halte là ! Tu ne vas tout de même pas me dire que tu t'es jeté à l'eau, par ce grand froid, pour venir me vendre quelques babioles !

– Qui te parle de babioles ? Je te répondrai qu'un bon vendeur ne doit négliger aucune occasion. Je prends le pari que si je te déballe mon coffre, tu trouveras mille choses qui te conviendront.

– Ne te donne pas cette peine !

– Toi, comment t'appelles-tu ?

– Tourangeau… J'en oublie *La Confiance* avec ton boniment ! Rends-toi utile. Installe-toi ici et maintiens la piautre dans cette direction. Faut que je m'occupe de la voile. À la bonne heure, v'là le vent qui fraîchit ! Où vas-tu comme ça ?

– Bien malin qui pourrait le dire !

– Hé ! Fais attention ! Où nous mènes-tu ?

– Tu ferais mieux de reprendre ton poste. Pour être franc, je ne suis pas très à l'aise sur l'eau. J'aime mieux la boue des chemins.

– Tu ne vas pas me dire que c'est bien compliqué de tirer sur un gouvernail ! Que tu préfères diriger une paire de bœufs que cette gabare.

Les hommes continuèrent à discourir tandis que *La Confiance*, qui avait pris un peu de vitesse, se soulevait à espaces réguliers au contact de la houle.

Tourangeau, taciturne ces dernières semaines, morose depuis la disparition de son compagnon et le naufrage de sa seconde gabare *Bon vent*, n'était pas mécontent de cette rencontre imprévue.

Au début sur la réserve, il avait bien vite succombé au charme de ce camelot aussi drôle que curieux. Depuis des semaines qu'il ressassait seul ses déboires, en parler à un inconnu qui n'avait pas d'idée préconçue le libérait d'un fardeau.

En quelques phrases, il raconta tout. D'abord le travail abondant sur le fleuve, les trains de gabares qui se croisaient ou se suivaient à la queue leu leu, les ports encombrés, la dureté des tâches, les accidents, les avaries, les naufrages, l'apprentissage durant des années des manœuvres, le choix difficile des passes, les chenaux toujours mouvants, mais aussi les bons moments, la solidarité des mariniers, l'amitié des hommes, bref tout ce qui faisait la solidité et la beauté de son métier.

Les longs repos contraints quand le fleuve avait perdu ses eaux ; les crues brutales, subites, dévastatrices. Les fêtes lorsqu'un équipage avait mené, à bon port, un train de bateaux lourdement chargés et que les hommes s'accordaient un peu de bon temps avant de repartir vers d'autres destinations.

Les retrouvailles avec Marie, sa femme, qui lui montrait ses dernières créations destinées à la boutique de broderie qu'elle tenait en compagnie de sa sœur et de sa nièce. Une vie solide, harmonieuse, heureuse, banale, dont le cours avait été perturbé par des acteurs extérieurs.

～〜

Il y avait d'abord eu les bateaux à vapeur qui, en s'introduisant sur le fleuve, avaient chamboulé les règles ancestrales du commerce. Ils avaient raflé une part du travail des mariniers, faisant carrément disparaître les plus fragiles. Décrochez vos vieilles toiles de vos mâts, place à la vapeur, priorité à la vitesse, écartez-vous des chenaux, disparaissez, gêneurs du fleuve !

La Compagnie des vapeurs avait déployé tout son charme. D'abord, je séduis les voyageurs, puis je flatte les intérêts des marchands, enfin je débauche les meilleurs mariniers. Entrez à la Compagnie, avait-elle claironné, chez nous vous connaîtrez la sécurité de l'emploi, vous aurez des revenus assurés, un travail moins pénible, vous ne vivrez plus d'absences interminables loin de vos familles, et, argument suprême, vous aurez la satisfaction de piloter une prestigieuse machine à vapeur.

Comment résister à tant de sollicitations ? Comment ne pas répondre à de tels chants de sirènes ?

Tourangeau ne s'était pas laissé séduire. Il n'avait pas cédé au découragement. Mieux, il avait redoublé d'énergie, fait preuve d'opiniâtreté pour résister et se battre contre l'avis de nombre de ses amis qui pressentaient la disparition, à terme inéluctable.

Puis arriva le chemin de fer, dernier symbole des progrès techniques accomplis par l'homme, qui devait assurer la prospérité de tous. Tous ? Ce n'était pas ce qu'avaient constaté les mariniers qui se trouvaient les premiers lésés.

〰

Voilà, l'histoire en était là. La crue tragique d'octobre dernier avait ajouté un épisode dramatique, qui avait relégué au second plan, provisoirement, la bataille économique, focalisant l'attention des hommes, une fois de plus, sur le fleuve.

Comme si la Loire, se faisant complice des mariniers, avait tenu à rappeler aux hommes qu'il fallait encore compter avec elle et qu'on ne se détournerait pas aussi facilement de ses rivages.

〰

Tourangeau termina provisoirement son récit en mentionnant le conflit qui l'avait opposé à son fils. C'était au lendemain du naufrage du *Bon Vent*. Tourangeau, doublement affecté par la disparition du Breton et la perte de sa gabare, se débattait dans des difficultés financières qui lui paraissaient insurmontables. Benjamin avait alors proposé de le quitter pour quelque temps et d'aller gagner de l'argent sur le seul chantier où il y avait du travail, le chantier du chemin de fer.

Tourangeau avait reçu cette suggestion comme une formidable gifle. Lui qui avait entraîné les mariniers dans la lutte, ressentait la proposition de son fils comme une trahison.

Manolo avait écouté en silence. Le méridional turbulent qu'il était n'avait pas été insensible au récit de Tourangeau. Il comprit que celui-ci n'ajouterait plus rien. Il brisa le silence pesant qui s'installait :

– Dis donc, j'ai faim.

– Tu as raison, il est temps que je jette l'ancre et que je mette la soupe à chauffer.

Mais Manolo suggéra :

– C'est bien le diable si nous ne trouvons pas, sur la levée, une auberge, même s'il faut faire quelques lieues à pied. Je t'offre à dîner en échange du voyage. À toi de nous trouver le lieu qui fasse l'affaire. Il faut bien marquer le premier jour de l'an !

2

Manolo poussa d'un geste assuré la porte. De son accent chantant, il lança à la cantonade : « Bien le bonsoir ! » Malgré sa volonté de se faire remarquer, son entrée resta inaperçue. Le va-et-vient des gens était chose trop habituelle dans un relais de poste. Au milieu de la vaste pièce, peu éclairée, les couverts étaient dressés sur la grande table d'hôte. Très vite, le voyageur découvrait que l'aubergiste n'était pas familier du luxe, et qu'à défaut de trouver un confort douillet, il ne restait plus qu'à espérer une table riche. De nombreux convives avaient déjà pris place, toutefois quelques couverts n'étaient pas encore attribués. Sans s'enquérir de quoi que ce soit, Tourangeau et Manolo s'installèrent. Autour d'eux, assis à des tables de dimensions beaucoup plus réduites disposées selon un ordre rigoureux, qui vraisemblablement ne prenait pas en compte l'esthétique mais se préoccupait uniquement de faciliter la circulation, des clients s'attardaient à discuter en trinquant, les prétextes ne manquant jamais.

Sans chichis, la servante déposa une soupière sur la table commune. Au fur et à mesure que le récipient progressait de convive en convive, il véhicula une forte odeur de chou qui s'installa dans la salle. La miche de pain entreprit un voyage identique. Chacun coupa au passage une tranche plus ou moins épaisse selon son appétit. La plupart des hôtes, avec un geste machinal, brisèrent la tranche de pain et mirent à tremper les morceaux dans le bouillon pour l'enrichir.

Quelques-uns commencèrent à souper, tandis que d'autres semblaient attendre, impatients devant leur assiette. La servante revint enfin et déposa près de chaque verre une chopine.

Tourangeau saisit celle qui lui était destinée et versa une partie de son contenu dans son assiette, faisant virer le pain blond au rouge violacé. Les convives, occupés à absorber leur soupe, se taisaient. Ils ne semblaient pas se connaître entre eux. Certains devaient à une affaire commerciale urgente de se trouver là, d'autres venaient passer quelques jours de repos chez un ami; d'autres encore avaient eu quelques affaires de famille à régler et se retrouvaient dans une province dont ils avaient oublié les usages depuis longtemps.

〰

Une des fonctions jouées par la table d'hôte était de rapprocher, le temps d'un repas, les voyageurs isolés. En s'y asseyant, on s'exposait à des rencontres, mais c'était une audace qu'on pouvait se permettre sans risque d'un quelconque engagement pour l'avenir. Ceux qui s'y trouvaient assis et ne voulaient pas être importunés, marquaient leurs distances dès le début du repas en se tenant muets. Cette attitude décourageait bavards et curieux.

Manolo, tout en se restaurant, jetait des coups d'œil furtifs en direction de chacun. Plus le repas s'avançait, plus les coups d'œil devenaient insistants. Il soupesait chaque convive, cherchant le premier qu'il pourrait aborder sans essuyer un refus. L'occasion lui fut donnée lorsqu'un convive installé en bout de table et qui avait montré un bon appétit plongea une main dans un sac posé

25

sur le banc près de lui et en retira un flacon. À l'aide d'une pipette en verre, il aspira un liquide sans couleur définie, qu'il laissa ensuite tomber goutte à goutte dans son verre.

– Excusez-moi, Monsieur, entama Manolo, je ne voudrais pas paraître indiscret, souffririez-vous de quelque mal ?

– Ah, jeune homme ! Vous ne savez pas encore ce que c'est que vieillir ! Mon pauvre estomac ne me permet plus de manger normalement. J'ai bien des difficultés à digérer.

– Voulez-vous dire que ce simple repas risque de vous indisposer ?

– Je le crains…

– Mais, pourtant vous avez mangé une soupe claire…

– C'est exact.

– Cette friture de Loire qui a suivi, excellente du reste, vous n'y êtes pas retourné !

– Avec bien du regret.

– Ce n'est pas la matelote d'anguille, juste épicée comme il faut, qui vous aura fait grand mal !

– Oh, certes non ! La sauce n'était point composée d'une de ces vinasses qu'on trouve souvent, mais d'un vin capiteux.

– Ce n'est point du côté de l'omelette baveuse, délicatement parfumée par les cèpes qui la truffaient, qu'il faut chercher.

– J'affectionne les œufs, encore plus les champignons de toutes sortes. Ils ne m'ont jamais créé le moindre désagrément.

– Passons sur la cuisse de la poularde, une viande rôtie qu'on recommande aux jeunes enfants ne peut faire de mal. Si encore elle avait été farcie, je ne dis pas…

– Savez-vous, je peux bien vous l'avouer, ce que je préfère par-dessus tout, ce sont les ailes. Pour n'avoir point à me retenir d'en sucer une, puis une autre, j'ai choisi avec regret de consommer une cuisse.

– Et les crottins de chèvre qui ont suivi ! Dieu qu'ils étaient bons ! Moelleux à souhait ! D'un parfum…

– Je partage votre goût. Je n'aime pas qu'ils soient secs.

– Jusque-là, je ne vois rien qui ne soit recommandable. Vous n'allez pas me dire que votre indisposition risque de venir des pruneaux à la crème que je vois encore dans votre assiette !

– Je les goûterai, Monsieur, mais c'est surtout par égard pour notre hôtesse. J'en souffrirai pour sûr !

– Est-ce à dire que ces gouttes que vous prenez ne vous soulagent point ?

– Elles me font du bien, mais à la condition expresse que je me restreigne.

– Quel dommage ! Comme je vous plains, Monsieur ! Ne voyez pas malice si je me permets de reprendre quelques pruneaux, je ne voudrais point vous...

– Faites, faites ! Ce n'est pas parce que je suis au régime qu'il faut vous y mettre.

– Pourtant, entre nous, si vous vouliez...

– Vouloir quoi ? Je ne manque pas de volonté, vous pouvez me croire. Ma bonne amie serait là, elle témoignerait de mes efforts. Ainsi, je vous répète, s'il n'y avait quelque impolitesse vis-à-vis des maîtres de cette table, je ne toucherais point un seul pruneau !

– Je ne dis pas ça. Je ne parle pas de vous priver de souper.

Cependant, si vous aviez connaissance...

– Connaître quoi ? À la fin, allez-vous le dire ?

Manolo extirpa d'une de ses poches un flacon. Il le tint haut devant lui, le montrant à la compagnie qui observait son manège.

– Voilà, Monsieur, qui vous apportera le soulagement que vous êtes en droit d'attendre. À quoi servirait-il d'entretenir une faculté de médecine si elle n'était capable d'apporter un soulagement à nos douleurs ? Cette solution, la voici.

Il présenta à nouveau le flacon, le fit pivoter lentement, mettant en évidence l'étiquette. Se faisant, il profita de cette diversion pour vérifier qu'il avait bien capté l'attention de son auditoire.

– Le sirop Laroze à l'écorce d'oranges amères est un produit tonique, anti-nerveux. En harmonisant les fonctions digestives de l'estomac et celles des intestins, il enlève les causes prédisposant aux épidémies. Les vertus du sirop Laroze sont multiples. Combattant une maladie qui vous affecte, il vous met à l'abri d'autres qui vous guettent. Il guérit la constipation, la diarrhée et la dysenterie, et même, dans certains cas, les maladies nerveuses. Monsieur, voilà le médicament qui vous redonnera goût à la vie !

– Comment pouvez-vous me garantir une telle transformation ?

– Monsieur, regardez-moi, observez-moi…
Manolo s'était mis debout.

– N'ai-je pas l'air en bonne santé ? Vif ? Agile ? Ai-je l'air de n'aimer pas la vie ? Ai-je l'air de manquer d'appétit ? Suis-je empâté dans quelque graisse ?

– Pour ça, je dois dire que non…

– Ai-je renâclé devant la matelote ?

– Non…

– Ai-je rechigné à dévorer la poularde ?

– Ah non, alors…

– Ai-je fait la fine bouche devant les crottins ?

– Ma foi, non… »

– Manquerais-je d'appétit au point de ne pas réclamer quelques pruneaux supplémentaires ?

– Vous allez…

– Monsieur, sachez que depuis des années, j'ai pris l'habitude d'absorber chaque jour une cuillerée de ce sirop. Je ne connais point d'aigreurs. Je mange à volonté. Je bois de même. Je ne suis jamais affecté par la moindre indisposition. Mais, je vois bien que je vous ai convaincu. Je n'aurai pas la douleur de vous laisser attendre demain pour trouver dans quelque officine le remède miracle. Je vous cède ce flacon sans rien y gagner. Il m'a coûté un franc soixante-quinze, je vous le laisse pour ce prix.

Joignant le geste à la parole, il le mit dans la main de l'homme sans même lui laisser le temps d'acquiescer ou non et enchaîna aussitôt :

– Voyez-vous, Monsieur, sans être médecin, Dieu m'en garde ! j'ai acquis, en voyageant, en fréquentant des savants, une bonne connaissance. Si vous me permettez, ce qui vous fait souffrir, ce n'est pas de remplir votre estomac.

Un estomac, n'est-ce pas fait justement pour être rempli ? Sinon, à quoi servirait-il d'en avoir un ? J'attends qu'ici quelqu'un ose me contredire… Je disais donc, arrêtez-moi si je me trompe, vous ne souffrez pas de le remplir. La douleur survient après, lorsqu'il vous faut, par quelque mécanique compliquée, le vider… Je vois bien… Je suis dans le vrai. N'est-ce pas cela ?… Monsieur, sans vouloir être critique, votre médecin aurait dû en convenir tout de suite. J'ai ce qu'il vous faut…

Comme un magicien, il fit apparaître dans sa main une boîte.

– Les pastilles laxatives de Royé. Je répète, les pastilles laxatives de Royé, car, Monsieur, les gens ici présents n'osent en parler, mais eux aussi souffrent de votre mal. Ils prennent des airs distants, mais sachez qu'ils ne sont pas mécontents que j'ai répété le nom pour le fixer dans leur mémoire.

– Demain, ils se précipiteront pour l'acheter, car, Monsieur, même s'ils me sollicitaient, s'ils me pressaient, à aucun d'eux je ne céderais cette boîte. Vous m'avez accordé votre confiance, soyez-en remercié. C'est à vous, à vous seul, que je vends cette boîte. Je vous la réserve en exclusivité contre deux petits francs… Avez-vous des enfants ? Peut-être même des petits-enfants malgré votre teint frais qui masque les ans ?

– Oui… J'ai…

– Sachez, Monsieur, que les pastilles laxatives de Royé ont une saveur agréable qui plaît aux enfants. Les médecins, les bons, bien entendu je ne parle que de ceux-là, les recommandent pour purger les enfants. Ils les prescrivent aussi à toutes les personnes qui, sans vouloir se purger, désirent cependant se tenir le ventre libre… Monsieur, trinquons à notre rencontre et à nos affaires !

Manolo remplit les verres et invita les convives à choquer leurs verres. Tourangeau avait du mal à contenir un fou rire. Décidément, son compagnon de rencontre ne manquait pas d'audace. Loin de s'en tenir là, Manolo entreprit de désigner sa prochaine victime. D'un rapide tour de table visuel, il chercha et distingua son futur interlocuteur. Un jeune homme guindé et imbu de sa personne fit son affaire.

– Fameux, ce vin, lança-t-il, en cherchant à le faire entrer dans la conversation. Quel cépage est-ce ?

– Probablement un mélange de grolleau et de côt, répliqua Tourangeau.

– Quelle bonne soirée ! Une bonne table, un vin gouleyant, des amis alentour, qu'espérer de mieux ? N'a-t-on pas dit « le bon vin réjouit le cœur de l'homme ? » Êtes-vous de cet avis, jeune homme ?

– *Bonum vinum laetificat cor hominis.*

Bien mal en prit à cet infatué de mordre à l'hameçon lancé par Manolo ! Celui-ci émit un sifflet admiratif et invita la tablée à applaudir

– Monsieur, j'avais tout de suite deviné chez vous l'homme cultivé, raffiné, qui connaît et apprécie les belles et bonnes choses. Vous êtes un homme de goût, n'est-ce pas ? Je parierais volontiers que monsieur est savant, d'ailleurs ne vient-il pas d'en faire une brillante démonstration devant nous ?

– Aucunement, vous n'y êtes pas !

– Oh, je ne suis pas loin. N'êtes-vous pas professeur ?

– Non, vraiment…

– Peut-être un homme de lettres, oui, sans nul doute, c'est cela ?

– Vous cherchez à me flatter…

– Mais non… Ah, je jurerais que vous écrivez ?

– C'est-à-dire que…

– Vous voyez bien.

– Non, je veux dire que bien sûr… Comme tout le monde, j'écris, mais… Ne vous méprenez point. Je suis… Je suis premier caissier.

– Vous avez donc à écrire vos comptes ! Vous voyez bien que j'avais raison. Quand je disais que vous étiez savant, seule votre modestie vous empêchait de le reconnaître. Car premier caissier, Monsieur, cela suppose bien des connaissances, cela entraîne à résoudre bien des complexités ! Premier caissier, avez-vous dit ? Vous, si jeune, il faut y voir la preuve d'un grand talent !

L'autre faisait mine de protester. Manolo ajouta :

– Mais si, mais si… Sans me montrer indiscret, puis-je vous demander un renseignement ?

– Certainement, si je peux…

– Êtes-vous satisfait des becs de plumes avec lesquels vous écrivez ?

– Oui.

– Entendons-nous bien. Lorsque vous entamez un bec neuf, les premiers temps il faut qu'il se fasse à vous. C'est naturel. Mais ensuite, n'avez-vous pas constaté que c'est justement au moment où vous vous entendez bien avec votre plume qu'elle vous trahit ? Elle se détériore à rester dans l'encre et se met à gâcher votre papier. Sur des comptes, c'est bien regrettable. Cela vous fait passer facilement pour un négligé, et il n'y a qu'à vous observer pour convenir que ce n'est pas le cas.

Manolo fit semblant de chercher dans une des innombrables poches de son paletot alors qu'il en connaissait parfaitement l'inventaire. Tous les regards convergeaient vers lui. Qu'allait-il encore en extirper ? Il savait user et abuser de son bagou.

Il aimait évaluer son éloquence sur les éphémères assemblées qu'il réunissait, çà et là.

Il éprouvait une joie intense à tenir en haleine son auditoire, peut-être plus qu'à réaliser une vente pourtant nécessaire à sa survie. La transaction n'était qu'un aboutissement, la preuve, en quelque sorte, qu'il avait su convaincre. Sa technique, primaire, consistait, pour l'essentiel, à varier le débit de son discours, à le ponctuer de questions et lorsqu'il sentait quelques réticences au sein de son auditoire, que le pouvoir des mots ne parvenait pas à écarter, il confortait ses phrases d'une série de gestes expressifs. Les doigts refermés sur la paume de la main, il dissimulait sa surprise. Telle une fleur qui s'ouvre à la lumière du jour, il écarta les doigts, dévoilant un étui. Il développa les rabats et saisit un petit objet à l'intérieur. Il le présenta à l'assistance en le tenant entre le pouce et l'index, avec d'infinies précautions, tel un objet précieux et fragile.

– Voici, Monsieur, un bec de plume français. Regardez-le bien ! Est-il comme celui que vous employez ? N'hésitez pas, tenez, prenez-le en main.

Manolo confia le bec de plume au jeune présomptueux.

– Alors, voyez-vous ce qu'il a de particulier ? En avez-vous vu de semblable ?

– Ma foi non.

– Ce bec de plume est en ivoire. Il est l'œuvre d'un savant de mes amis qui a passé sa vie à rechercher un moyen d'améliorer les choses. Vous n'ignorez pas, Monsieur, que cette région a été dévastée il y a peu par des inondations terribles. Tout a été perdu ! Quel désastre ! Songeant à tout ceci, mon ami a cherché le moyen d'éviter tant de pertes. Il a créé cette plume qui n'a pas encore été présentée officiellement. C'est une innovation. Cette plume, par sa préparation chimique, est capable de séjourner dix à douze jours dans l'eau sans aucune altération. Et, si elle peut résister à l'eau, elle peut… Elle peut…

Il cherchait à obtenir une réponse, mais ses auditeurs n'étaient pas très en verve.

– Elle peut… Évidemment aussi bien séjourner dans l'encre. Voilà une plume qui va transformer la vie des gens qui font, comme vous, profession d'écrire. Je puis affirmer, sans risquer de paraître immodeste parce que je n'en suis pas l'inventeur, je ne suis que le découvreur en quelque sorte, je puis affirmer donc qu'il s'agit d'une innovation considérable. Ne la cherchez pas dans le commerce, vous ne la trouverez pas ! Mon ami m'a confié sa vente en exclusivité. Malheureusement pour vous, je n'ai avec moi qu'un seul et unique étui. Si vous me laissez votre adresse, je vous approvisionnerai à mon prochain passage dans votre région. Combien voulez-vous que je vous mette d'étuis en réserve ?

Le jeune fat se demandait comment il allait se tirer d'affaire. Manolo continua sans attendre sa réponse. Ce n'était qu'une diversion pour mieux l'achever :

– En attendant, cet étui de cent becs est pour vous pour le prix modique de deux francs cinquante… Vous pensez que c'est cher, avez-vous calculé ? Vous, un maître du calcul ! Cent becs pour deux francs cinquante, et en plus la garantie de ne plus gâcher de papier ! Ne cherchez pas un argument contre, vous n'en trouveriez pas, allez, sortez votre bourse, vous ne le regretterez pas ! Vous ferez des envieux autour de vous !

L'homme, ferré comme un poisson, ne put se dérober et s'exécuta sans enthousiasme.

L'aubergiste, curieux, s'était approché pour ne rien perdre du spectacle offert par Manolo. Il s'inquiéta de ses clients :

– Avez-vous mangé à satiété ?

Manolo s'investit porte-parole sans consulter les autres :

– De l'avis général, la chair était bonne mais nos gosiers sont asséchés. Il convient d'y remédier au plus vite.

– On est allé au cellier, un peu de patience !

– Après le temps des affaires, voici le temps du plaisir. Au fait, pour les affaires, aubergiste, monsieur me doit quelque argent (il désigna l'homme qui s'était porté acquéreur bien malgré lui du sirop et des pastilles).

Il réglera ma note et celle de Tourangeau et nous serons quittes.

C'est une transaction honnête, il me semble, et qui évite des comptes ennuyeux. Êtes-vous d'accord ?

L'homme n'osa refuser de peur que quelque malheur supplémentaire ne l'accablât.

– Parfait ! Alors vidons nos verres à notre amitié.

3

La lumière du jour avait déjà fortement décliné, lorsque Tourangeau et Manolo, à bord de *La Confiance*, pénétrèrent dans le port de Tours.

L'activité physique intense, dure, qu'il avait fallu accomplir toute la journée à bord, rendue plus difficile encore par le froid qui engourdissait les membres, avait permis à Tourangeau et Manolo de retrouver leur esprit.

Tourangeau avait failli à sa réputation d'homme sobre. Sous l'influence de Manolo, il s'était laissé entraîner à boire plus que de raison. C'était fort aviné qu'il avait rejoint *La Confiance*, tard dans la nuit, guidant Manolo, incapable de retrouver son chemin. Celui-ci, à peine dans la cabane, s'était affalé à même le plancher et avait sombré dans un sommeil que rien n'aurait pu interrompre. *La Confiance* voguait depuis plusieurs heures quand il s'éveilla.

Tout au long de la journée, Tourangeau l'avait moqué et lui avait suggéré d'ingurgiter du sirop Laroze pour retrouver la forme, mais, avait-il ajouté, pas une cuillerée, une pièce pour le moins… Ils avaient ri, comme de bons amis, complices de longue date.

Manolo offrit son aide pour décharger la gabare. S'il n'était bon à rien pour naviguer, selon sa propre expression, au moins était-il capable de déployer sa force musculaire au bénéfice de Tourangeau. Tandis qu'ils étaient affairés à ce travail, timidement, hésitant à les interrompre, une femme s'approcha.

– Excusez-moi, Messieurs, je cherche un dénommé Le Breton, le connaissez-vous ?

Tourangeau arrêta brusquement son activité et la dévisagea un instant avant de l'interroger à son tour.

– Que lui voulez-vous ?

– J'ai un grand service à lui demander. C'est très important. Il faut que je le trouve avant demain. Mon mari a été arrêté en novembre dernier parmi les manifestants à la halle au blé. Le procès a lieu demain. J'ai pu le voir un instant. Il m'a dit de trouver Le Breton, il était à côté de lui à la halle. Il pourrait témoigner en sa faveur.

Mon mari est un brave homme. S'il était à la halle, et s'il a proféré quelques injures envers les gendarmes, c'est qu'il était exaspéré ! Il travaille tant… Nous ne gagnons point assez pour nourrir suffisamment nos enfants…

Malgré des efforts évidents pour conserver son calme, elle ne put refouler des sanglots, et fut prise de tremblements nerveux.

Tourangeau s'approcha :

– Le Breton ne pourra malheureusement témoigner. Pourtant, vous n'auriez pas eu à le supplier, il vous aurait aidée, soyez-en sûre… Il est mort noyé, il y a…

Tourangeau ne peut terminer sa phrase. Il était gagné par l'émotion.

– Je vois qu'il était votre ami… Excusez-moi d'avoir réveillé votre peine… Je perds tout espoir d'éviter la prison à mon mari…

– Peut-être pas ! Je me souviens de cette affaire. Mon neveu et moi-même avions dû aller chercher Le Breton qui était retenu par les gen-darmes. Il avait déposé et avait insisté pour relater les faits dont il avait été le témoin. Donnez-moi votre adresse, je vais en parler à mon neveu, nous pourrons sans doute vous aider. Rentrez chez vous. Il ne faut pas rester sur ce quai balayé par le vent. Nous, nous devons finir ce déchargement avant que la nuit s'empare de tout. Allez, gardez confiance !

4

LORSQUE TOURANGEAU ET MANOLO pénétrèrent dans la grande maison de la rue Colbert,
la famille achevait de dîner. Marie n'avait pas
encore regagné son domicile endommagé par
la crue et demeurait avec son fils chez sa sœur,
veuve, en compagnie de sa nièce et de son neveu.

Les trois femmes avaient ouvert, au rez-de-
chaussée une boutique de broderie qui avait une
solide réputation. Les affaires étaient bonnes.

L'arrivée de l'invité de Tourangeau jeta le
trouble quelques instants, au sein de la famille.
Les femmes se désolèrent de n'avoir pas été aver-
ties et de n'avoir à offrir à dîner que des restes.
Manolo tempéra les esprits :

– Broutille, que tout ceci ! La compagnie est
plus importante que la chair !

Il affirma qu'il mangeait habituellement peu et assura tout le monde de sa facilité à s'accommoder de toutes les situations. La famille, d'abord quelque peu heurtée par son style grand-guignolesque, se laissa peu à peu séduire. En quelques pirouettes verbales, il avait une fois encore conquis son public.

Tandis que les femmes s'activaient à la cuisine et faisaient réchauffer les plats, Tourangeau conta à son neveu l'entrevue avec l'épouse du manifestant. La question fut rapidement réglée. Martin se rendrait au procès et rencontrerait l'avocat de son mari, s'il en avait un. Il porterait à sa connaissance la déposition du Breton. Si, au cours de l'instruction, on n'en avait pas fait état, Martin n'hésiterait pas à intervenir lors du procès.

– Ce procès met la ville en émoi. Tout le bruit que l'on cherche à faire autour vise à impressionner les braves gens et à les détourner des difficultés réelles qu'ils éprouvent. Quand apportera-t-on enfin une véritable solution aux problèmes des marchés et des approvisionnements ?

– Quand le réseau du chemin de fer sera suffisamment développé, les denrées circuleront beaucoup mieux. Vous verrez, en grande partie, la solution est ici !

– Mon neveu travaille pour la Compagnie des chemins de fer. C'est un farouche défenseur de ce maudit cracheur de fumée. Nous nous affrontons régulièrement sur ce sujet.

– Pour rassurer monsieur, j'ajoute que jusqu'ici nous nous en sommes tenus à des arguments verbaux.

– Heureusement, commenta Jeanne qui revenait de la cuisine les bras chargés de plats.

– Pour Martin, je ne suis qu'un marinier obstiné qui s'accroche désespérément à sa piautre, alors que sa gabare prend eau de toutes parts.

– Pas du tout, mais tu cherches des solutions là où il n'y en a pas.

– Je connais ton point de vue. Ma disparition est inéluctable. Elle est inscrite dans les projets de ta société. Eh bien, tu peux leur dire, il ne sera pas si facile qu'ils le croient de se débarrasser de nous ! Nous n'avons pas dit notre dernier mot !

Marie orienta la discussion sur un autre sujet moins hasardeux.

– Et vous, Monsieur, s'adressant à Manolo, que faites-vous ?

– Ne me donnez pas du "monsieur", appelez-moi Manolo. Je suis colporteur.

– Que vendez-vous, des montres, des images pieuses, des livres ?

– Ma foi non, rien de ça. Les bondieuseries n'entrent pas dans mes affaires. Notez que ces articles se vendent bien. Mais je suis athée, je ne crois pas que j'aurais le talent nécessaire pour convaincre mon public. Non, mon coffre renferme en peu de volume une multitude de choses, toutes plus essentielles les unes que les autres…

– Holà, doucement… clama Tourangeau. Ma pauvre femme, si tu continues à le questionner et si je le laisse débiter son boniment, bientôt toutes nos économies seront dans sa poche !

Malgré la mise en garde amicale, Marie continua ses investigations.

– N'est-ce point un métier qui vous prive d'une vie de famille et vous contraint à être plus souvent sur les chemins que chez vous ?

– Pour ça, oui, mais je ne me plains pas. Je voyage toute l'année et c'est ce qui me plaît. Je découvre chaque jour. Je rencontre toutes sortes de gens. Je dîne à toutes les tables. Un soir, je dors dans un lit douillet, le lendemain à l'abri d'un porche ou dans une meule de foin, qu'importe, le grand air me convient !

Un matin, je me dirige vers un campanile, un autre, c'est l'aiguille de pierre finement ciselée d'un clocher qui me guide, à moins que ce ne soit un beffroi. Je traverse des terres où rien ne pousse, où le sol est roide, été comme hiver. Je m'embourbe dans des terres grasses où dès le printemps, jaillissent des blés prometteurs. Là, je trouve l'abondance et mon coffre est dévalisé, ici, plus souvent, je côtoie des hommes et des femmes privés du nécessaire. Alors, je leur offre mes articles non sans en avoir vanté les propriétés car un cadeau mérite d'être fait avec autant d'art qu'une vente.

– Ainsi donc, seul le hasard vous amène dans notre ville ?

– Pour être franc, pas tout à fait.

– Tiens, tiens, que caches-tu ? ironisa Tourangeau. N'y aurait-il pas une drôlesse…

– Tu te goures bougrement ! C'est une affaire autrement plus importante…

– Bon alors, ne nous laisse pas languir ?

– Je cherche à rencontrer des… Icariens.

– Quoi ?

– Des Icariens. À voir vos airs ébahis, je devine que cela ne vous dit rien. Je vais devoir vous livrer des explications. Après ça, on dira encore que je suis bavard, à qui la faute ?

Marquant un silence…

– Il y a une dizaine d'années vivait un homme qui s'appelait Icar. Sa passion était l'amour de l'humanité. Après que le peuple de son pays se fut révolté contre la tyrannie qui l'oppressait, il fut proclamé dictateur par ce même peuple. Les habitants escomptaient ainsi, par le choix d'un humaniste à leur tête, ne plus vivre sous le joug. Icar proposa à ses concitoyens l'égalité sociale et politique et, pour arriver à ses fins, de créer une communauté de biens. Ce qu'ils firent. À sa mort, ses concitoyens, en hommage à sa mémoire et aux bienfaits rendus, décidèrent que le pays changerait de nom et porterait celui de son bienfaiteur. Ce pays est devenu l'Icarie et ses habitants se nomment désormais les Icariens.

– Belle histoire !

– Je n'ai jamais entendu parler de ça ! Où est-il, ce pays ?

– En Amérique.

– Mais quel rapport avec Tours, demanda Martin, je ne vois toujours pas !

– À Tours, il y a un groupe d'Icariens. Ils font le projet de se rendre en Icarie et de s'établir. Je veux pouvoir enfin vivre dans un pays fait d'amour, d'abondance, de justice où chacun a le droit de vivre selon ses besoins. Où toutes les richesses sont réparties équitablement. Finis les rabiots par ci, par là ! Tous égaux !

– Dis donc, ton Icar, c'est un nouveau Christ ! Qu'un athée le prenne comme modèle, voilà qui est surprenant !

– Ce n'est qu'un homme profondément épris de justice et qui a trouvé le moyen d'organiser la société selon des règles équitables et humaines. Appelez-le comme vous voulez, ma conviction est établie, seule la communauté peut permettre aux hommes de vivre librement.

– Votre modèle est tout de même dans la lignée des règles édictées par Jésus-Christ. Pourquoi n'êtes-vous pas chrétien alors ?

– Laissez-moi rire, il ne reste pas grand-chose de votre communauté chrétienne, sinon une vague volonté sans cesse renouvelée de l'atteindre.

– Ce n'est déjà pas si mal.

– C'est aussi la preuve que ce n'est pas si facile à établir.

– Et ces communistes dont on parle quelquefois, que veulent-ils ?

– La même chose. C'est sans doute difficile à obtenir ici. Mais justement l'Icarie est déjà organisée selon des règles de vie communautaire. Là-bas, tout est possible ! Il n'y a pas à combattre, seulement à profiter de la vie !

– Es-tu sûr de cela ?

– Absolument. Enfin, convenez avec moi que tous les hommes aujourd'hui aspirent à la liberté ! C'est une passion ardente, universelle. Tous les amis de la liberté doivent vouloir la communauté.

Elle seule permettra d'aboutir durablement. Quand de nombreux hommes en auront fait l'expérience, quand ses bienfaits seront reconnus, tous réclameront la communauté.

La seule, l'unique conquête intellectuelle de l'humanité qui vaille la peine qu'on sacrifie tout pour elle, c'est vouloir partout la liberté, c'est vouloir partout la communauté, c'est vouloir partout la démocratie !

– Quel beau discours ! C'est le rêve de tout homme, mais je crains qu'il ne s'agisse d'une utopie, rétorqua Martin.

– Tu rêves, Manolo, ajouta Tourangeau. Tu poursuis des chimères. Rien n'est aussi simple que tu le dis. Combien d'obstacles à franchir ?

– Chimères, chimères, et après tout, pourquoi pas ! Il suffit de quelques hommes de bonne volonté pour…

– La bonne volonté, c'est un peu juste comme moyen pour écarter du pouvoir les tyrans.

Martin prit la parole :

– Je vous suis sur un point, Manolo, mais je ne suis pas d'accord avec vos remèdes. Une des causes essentielles des insuffisances de ce monde dans lequel nous vivons tient à sa mauvaise organisation. Pour y remédier, il n'est point nécessaire d'utiliser des moyens aussi radicaux que ceux que vous proposez. D'autant que nous entrons dans une société où la production prend une ampleur considérable. La société d'abondance est en route grâce aux acquis permanents du progrès. J'ai confiance. Avez-vous songé, vous qui recherchez la justice, au nombre de personnes que vous allez spolier pour instituer votre communauté ? La communauté que vous prônez, n'est-ce pas d'une certaine façon du vol ?

– Nous ne souhaitons voler personne. Loin de nous cette idée ! Le labeur doit être justement récompensé. Nous ne voulons pas appauvrir, nous voulons enrichir chacun.

– C'est là une idée généreuse, qui sans doute recueillera bien des adeptes, mais totalement irréalisable.

Tourangeau renchérit :

– Je ne vois guère que ceux qui ne possèdent rien qui seront prêts à te suivre. Partager rien en deux ou en cinq, cela fait toujours le même résultat. Par contre, cent francs en deux ou en cinq, c'est autre chose.

– C'est là que naissent les difficultés.

– Ton Icarie, Manolo, c'est des fariboles. Ne te laisse pas prendre ! Elle n'existe pas !

– Peuchère que si ! Tiens, demain je te montre un livre. Il contient toutes les règles de la vie de ce pays. Tout a été pensé dans le moindre détail. Là-bas se trouve le bonheur, alors pourquoi continuer à être malheureux, pourquoi attendre toujours qu'il se réalise ici demain ? J'ai choisi. Je suis volontaire pour l'Icarie !

Tourangeau, hochant la tête pour bien montrer qu'il n'était pas convaincu, ajouta :

— Je crains que l'Icarie soit plus difficile à vendre qu'un flacon d'élixir ! Ce qui m'inquiète le plus, c'est ce que tu viens d'ajouter. Un pays où tout est prévu, même le bonheur, j'ai peur que ce ne soit trop bien organisé pour moi. Toi, si plein de bon sens, toi qui connais suffisamment les travers humains pour en jouer quotidiennement, comment peux-tu te laisser abuser de la sorte ?

Martin conclut :

— Son départ n'est pas pour demain, d'ici là, nous aurons le temps de le ramener à la raison. En attendant, si nous allions nous coucher !

5

4 janvier 1847

Bien avant l'ouverture de l'audience, la salle des pas perdus du palais de justice avait été investie par une foule trépidante. Tous les intéressés ne pourraient pénétrer dans la salle du tribunal. L'entrée serait contrôlée et réservée à ceux dont la présence était nécessaire au déroulement du procès, les autres n'y accéderaient qu'en fonction des places disponibles.

Certains se trouvaient là en qualité de témoins, pas moins d'une cinquantaine, à charge et à décharge. Ils affectaient déjà une vive hostilité les uns vis-à-vis des autres. D'aucuns venaient assister un parent, prévenu, et offraient un visage convulsé. D'autres encore ne songeaient qu'au stratagème qu'ils emploieraient pour tromper la vigilance des forces de l'ordre et manifester leur soutien aux inculpés. Pour bien des raisons, ils se sentaient solidaires de ces hommes et de ces femmes. D'autres enfin étaient là pour des raisons professionnelles : avocats, avides d'apprécier le talent d'un confrère ; journalistes, impatients de rédiger le compte rendu d'un procès attendu. Certains encore n'avaient d'autres raisons que la curiosité.

⁓

Martin était là, au milieu d'eux, cherchant à pénétrer lui aussi dans la salle. Un jeune homme fendit la foule et s'approcha de lui avec l'empressement qui anime un homme qui retrouve un ami cher dont il a été longtemps tenu éloigné. Martin, quant à lui, hésita quelque peu sur l'identité de celui qui semblait pourtant si bien le connaître.

– Ne vous rappelez-vous pas de moi ? François Dumont, journaliste… Nous nous sommes rencontrés il y a peu de temps au bal donné lors de l'inauguration du chemin de fer. J'espère que votre charmante sœur aura un souvenir plus précis. J'avais été envoyé par mon journal en province pour cet événement exceptionnel et j'avoue que je ne l'ai pas regretté. Je cherchais,

pour tout vous dire, une occasion de revenir…
Ce procès m'a fourni un excellent prétexte. Mais
vous, que faites-vous ici ?

– Je vous expliquerai ; pour le moment, je
cherche le moyen d'entrer dans la salle d'audience.

– Suivez-moi, je vais arranger ça.

⌁

Dans la salle d'audience, derrière l'estrade où
se trouvaient les magistrats, Monsieur le préfet
avait pris place. À ses côtés, se tenaient de nombreuses personnalités de la ville, qui avaient sou-
haité assister au procès des émeutiers de la halle
au blé. Le 21 novembre 1846, une révolte avait
eu lieu à la halle, provoquant un affrontement
entre marchands et acheteurs de blé.

Le procès débuta enfin. Quand le président
prit la parole, le silence était total. Tous étaient
impressionnés par le cérémonial. Nombre de
spectateurs et d'acteurs découvraient, pour la
première fois, des règles de fonctionnement qui
semblaient, à première vue, obscures. L'acte
d'accusation fut lu d'une voix sourde, faible,
inarticulée, saccadée, bref inaudible. Les accusés
n'eurent pas la moindre chance de saisir ce que
les représentants de la loi leur reprochaient. Les
rares mots, qui avaient réussi à s'extirper de la

mêlée et qu'ils avaient compris distinctement, ne leur disaient rien de bon. En un seul instant, ils avaient perdu de leur assurance. La tactique que chacun avait ébauchée pour son salut s'était effondrée. Même les plus gouailleurs sentaient qu'ils perdaient pied. Ils réalisaient le piège. Le jeu leur échappait. Leur verve ne leur servirait plus à rien devant ces messieurs, maîtres d'une autre rhétorique. Certains n'envisageaient plus de se défendre, s'en remettant à la justice de Dieu à défaut de comprendre celle des hommes. D'autres, ne songeant plus à construire en toute hâte une autre stratégie, ne comptaient plus que sur la force de leur instinct de survie pour se défendre. D'autres encore avaient l'esprit bien trop occupé à maîtriser leur intestin pour réfléchir à quoi que ce soit d'autre.

Le président, selon un rituel immuable, procéda tout au long de la journée à l'interrogatoire de chacun des vingt-six accusés, demandant ensuite aux témoins de confirmer ou d'infirmer les faits reprochés.

Certains témoins, sans se récuser tout à fait, se montraient beaucoup moins assurés et mesuraient avant de répondre le risque qu'il y avait à charger un accusé, dont les visages de ses amis, dans la salle, en disaient long sur la justice qu'ils comptaient appliquer au-dehors.

Peu à peu, l'atmosphère glaciale devint amicale. Certes, les magistrats demeuraient fidèles à eux-mêmes, veillaient au grain, évitaient soigneusement tout débordement mais ils avaient bien du mal cependant à faire croire au public qu'on jugeait de dangereux activistes qui menaçaient d'effondrement la société. Les accusés, pour la plupart, ne niaient point avoir distribué des coups, avoir cherché à ridiculiser les autorités, mais cet esprit frondeur plaisait. À part les autorités et les magistrats, tous semblaient d'accord sur le fait qu'il fallait contenir cette tendance à la raillerie plutôt que la réprimer.

François Dumont, installé dans la tribune réservée aux journalistes, prenait des notes rapides. Martin, s'était glissé à ses côtés. Sur son calepin, on pouvait lire :

Gendron Alexandre, arrêté porteur d'une serpette ;
Gravier Jean, a fait un croc-en-jambe à un officier d'infanterie au moment où celui-ci poursuivait un groupe de perturbateurs ;
Choisnard, a frappé un commissaire de police à coups de bâton, déclare : « Le commissaire a commencé, moi je me suis contenté de finir. »
Guillou Louis, vieil homme infirme, arrêté en

état d'ivresse proférant des insultes et incitant à la révolte.

Le président : « Vous êtes de ceux qui crient le pain à bon marché et qui s'enivrent tout le temps ! »

Guillou : « Que voulez-vous, le pain et le vin vont bien ensemble ! » (Rires dans la salle.)

Un témoin l'a entendu dire : « On va me mettre en prison, je m'en moque, on va me nourrir sans travailler » (indignation des autorités) ;

Pillaud Charles, seize ans, paraît avoir fait plus de bruit dans l'émeute à lui seul que tous les autres réunis. Type de gamin tourangeau, effronté, insolent, fanfaron, hâbleur…

Le président : « Quand on vous a mis au violon, vous avez insulté le caporal ! »

Pillaud ne répond pas, il cligne de l'œil en direction du caporal, fait longuement la moue, et pour finir fourre le doigt dans son nez.

Le président : « Vous avez dit au caporal : "Piou, Piou, bonhomme d'un sou, je vais te foutre ma botte au derrière." » (hilarité dans la salle).

Foucault, stationnait à 6 heures du soir sur la place de Beaune, contrairement à l'arrêté du maire, a jeté un pavé à la tête d'un garde national.

Un témoin ne le reconnaît pas positivement. L'individu avait des moustaches. Foucault prétend les avoir fait raser, quelques jours avant l'émeute.

Fille Pauline Champion, s'est fait remarquer le 21, a donné bien du mal aux forces de l'ordre venues l'arrêter. Un garde a reçu des coups de bouteille sur la tête. Un autre a été désarmé. Les renseignements de la police sont loin d'être favorables. Elle vit en concubinage. C'est une mégère irascible, continuellement en querelles et disputes avec son voisinage. Elle a insulté les forces de l'ordre en des termes que le président lui-même n'ose révéler. Elle met au défi le président de les répéter. Comme il se dérobe, elle insiste. Celui-ci, de mauvaise humeur, se contente de faire circuler le procès-verbal à ses assistants…

Quand Devet fut appelé, Martin se tint sur le qui-vive, prêt à demander la parole si cela lui apparaissait nécessaire. L'accusation était faible mais quelque peu différente de la vérité des faits. Alors que Devet n'avait proféré que quelques injures, comme beaucoup d'hommes, protégés par l'anonymat de la foule, il lui fut reproché d'avoir été pris une pierre à la main.

Le président fit état de la déposition du Breton. L'avocat présenta un témoin qui attesta que Devet était un ouvrier modèle, un homme paisible. Il fit également état d'un certificat d'un manufacturier de Tours, qui confirmait cette bonne impression. Martin ne jugea pas utile de se manifester. Si peine il y avait, elle serait probablement légère.

Par contre, le président, de plus en plus de mauvaise humeur, risquait d'être indisposé par une multitude de témoignages qui le mettaient en retard sur son horaire. Dans ce cas-là, sa clémence était mise au mal… À cinq heures, le président leva la séance. L'audition des témoins était achevée. L'audience reprendrait le lendemain, à midi, par le réquisitoire de Monsieur le procureur du Roi.

Martin et François quittèrent ensemble le palais de justice. François ne disposait que de peu de temps. Il devait rédiger son article. Martin n'envisageait pas de se rendre à l'audience du lendemain, il avait un travail urgent à accomplir. Il fut convenu que François viendrait lui rendre compte, à son bureau, des peines prononcées.

6

Était-ce pour impressionner les magistrats, mais l'audience du 5 janvier fut suivie par
une foule encore plus considérable que celle de
la veille. Le président fut obligé de donner des
ordres, réitérés aux sentinelles, pour qu'on ne
permît plus l'entrée de quiconque dans l'enceinte
du tribunal surpeuplé. L'atmosphère était explosive. Le public connaissait le risque qu'il courait
en tentant de faire pression sur les magistrats.
Il avait néanmoins arrêté cette tactique pour
démontrer aux autorités qu'il se sentait solidaire
des accusés et qu'il ne serait pas indifférent aux
peines prononcées. Face à cette démonstration,
certains magistrats étaient décidés à faire monter
les enchères pour confirmer qu'ils détenaient le
pouvoir. L'incompréhension était totale.

Le procureur du Roi prononça son réquisitoire sans défaillir, demandant des peines qui firent jaillir de toutes parts des murmures hostiles. Les avocats remplirent leur rôle, atténuant de beaucoup les propos du procureur, rallumant un faible espoir dans les yeux des accusés. Le tribunal se retira et quelque quarante-cinq minutes après, revint annoncer son verdict.

Pour les juges, ce fut la fille Champion qui fut la plus coupable. Elle écopa de deux ans d'emprisonnement. Les protestations de la foule furent vaines. La sanction la plus faible fut prononcée contre Devet. Trois jours d'emprisonnement pour quelques injures… Le tribunal s'était montré sévère.

François rédigea son article et le lut à ses confrères. Il soulignait la fermeté des juges et concluait, en attirant l'attention des gouvernants sur la gravité qu'il y avait à ne pas attacher plus d'attention à l'organisation des approvisionnements, seule façon à son sens d'éviter des troubles répétitifs. Ses confrères le dissuadèrent de conserver une telle conclusion, arguant que de toute façon, dans la capitale, on se chargerait, avant impression, de modifier le texte. Ils l'invitèrent à plus de modération s'il voulait poursuivre sa carrière et attribuèrent à sa jeunesse cette sottise.

Il avait été envoyé pour suivre un procès, pas pour proposer des changements de société. Après bien des débats, des tergiversations, avec regret, il se rangea à leur avis et atténua ses propos.

Dans le bureau de Martin, François fut impressionné par les dossiers empilés et les innombrables plans accrochés sur toutes les parois. Profil de pont, façade de gare, tracé d'un passage à niveau, relevé de voies, voûte de remise, croquis d'une locomotive, tout ce qui participait à la construction d'un chemin de fer était rassemblé là. François n'eut pas à questionner beaucoup Martin. Celui-ci était de lui-même prolixe quand il s'agissait de parler de son métier. Il occupait une place privilégiée auprès de l'ingénieur en chef, chargé de coordonner l'ensemble des travaux nécessaires à l'extension du chemin de fer vers Nantes. Avec la fougue qui le caractérisait, il exposa les grandes lignes du projet. Tours-Nantes serait construit en deux sections : Tours-Angers, puis Angers-Nantes. La première section, en cours de réalisation, comprendrait cent huit kilomètres de voies pratiquement toujours au niveau du terrain. Cette particularité offrait l'avantage de ne nécessiter que peu de travaux d'art, une seule exception, le viaduc de Cinq-Mars, au confluent de la Loire et du Cher. Martin s'approcha du plan pour le commenter :

– Regardez s'il est élégant. Belle ligne, belles proportions. Les plans sont l'œuvre de Monsieur Bailloud, ingénieur en chef du département, chargé du tracé sur toute la ligne, dans le secteur. Le viaduc est composé de dix-neuf arches en maçonnerie, de vingt mètres d'ouverture pour chacune d'elles. Il comprend deux parties séparées par une île, l'île César. La section sur le bras droit du fleuve est de dix arches, l'autre à gauche est de neuf arches. Les travaux ont commencé en juin 1845. La difficulté de construction de cette ligne tient au fait que la voie longe continuellement la Loire, et qu'ainsi elle est située sur des terres presque toutes submersibles. Pour se prémunir des risques d'inondation, nous sommes obligés de prévoir des aqueducs en nombre considérable sur presque tout le parcours du chemin de fer. D'autre part, quinze ponts au-dessus des rails et quatorze en dessous seront nécessaires, ainsi que quatre-vingt-cinq passages à niveau.

– La dernière crue, que l'on commente tant, ne vous a-t-elle pas causé quelques déboires ?

– Si, quelques-uns, notamment, puisque nous en parlions, au viaduc de Cinq-Mars. Nous avons eu quelques craintes dans cette partie à cause du léger déplacement de la levée, qu'il a fallu opérer à la jonction du viaduc, et à cause des remblais formés des terres nouvellement remuées et qui n'avaient pas acquis assez de consistance pour résister à l'impétuosité des eaux. Certains opposants au chemin de fer nous font le reproche d'avoir exposé les habitants de Cinq-Mars, mais ce n'est qu'un concours de circonstances. Monsieur Bailloud, dès qu'il a appris le danger d'effondrement de la digue, s'est rendu sur les lieux. Il a fait procéder à une percée de la levée qui sert de culée au viaduc et a permis, ainsi, un dégagement des eaux, écartant tout danger.

– C'est un chantier considérable, quand pensez-vous qu'il sera achevé ?

– Vers la fin de l'année 1848, nous pensons que les travaux seront suffisamment avancés pour permettre de faire circuler les marchandises. Pour les voyageurs, nous leur demandons de patienter quelques mois, quelques-unes des treize stations ne seront peut-être pas tout à fait terminées.

– Quels sont tous ces chantiers aux abords de l'embarcadère, il ne me semble pas les avoir remarqués le jour de l'inauguration de la station centrale ?

– Il y a d'abord des aménagements dans la gare elle-même, pour permettre l'arrivée et le départ des trois lignes Orléans-Tours, Tours-Bordeaux, Tours-Nantes ; les bureaux, les salles d'attente, etc. Mais avez-vous songé aux bâtiments indispensables pour remiser les locomotives, les wagons, les gares des marchandises qui doivent être distinctes de celles des voyageurs, les ateliers d'entretien et de réparation du matériel, etc.

Regardez ces croquis ! Le matériel qui desservira la ligne Tours-Angers est probablement le plus beau qui existe actuellement. Rien que sur cette ligne, vingt-six locomotives à vapeur comme celle-ci entreront en service, plus quatorze pour le trafic des marchandises.

Quarante machines auxquelles s'ajouteront dix voitures de voyageurs de première classe, vingt-cinq mixtes de première et deuxième classes, dix-sept de deuxième classe, quarante-trois de troisième classe, en tout cent voitures. Il y a aussi vingt wagons à bagages, quinze trucks à équipages, vingt wagons couverts pour marchandises et bestiaux, sans compter les cent wagons de service qui servent à la construction du chemin de fer. Ainsi, le parc de matériel, pour cette seule ligne, comprend cinq cents véhicules.

– Mais dites-moi, lorsque tout ceci va fonctionner, quel formidable trafic ? Combien de voyageurs arriveront, partiront chaque jour ? Combien de tonnes de marchandises transiteront ? Combien d'hommes travailleront pour assurer ces tâches ? Combien d'argent, de richesses échangées chaque jour ? Quelle formidable expansion ? Quelle formidable aventure que la vôtre ! Moi qui disais qu'il ne se passait rien en province !

7

En rentrant pour dîner, rue Colbert, Martin fit languir sa sœur Angèle, lui promettant une surprise et repoussant sans cesse le moment de la dévoiler. Enfin, il mit fin à son jeu.

François Dumont lui avait fait parvenir une courte lettre dans laquelle il indiquait qu'à peine de retour à Paris, il avait à nouveau été envoyé en province, à Buzançais précisément où la cherté des céréales était encore la cause de troubles. Cette fois, les incidents étaient beaucoup plus graves que ceux de Tours et la menace de les voir dégénérer un peu partout alentour n'était pas improbable. Il annonçait qu'avant de rejoindre la capitale, il comptait faire étape à Tours si « on » voulait bien de sa visite.

Martin, qui n'était pas sot, avait bien compris que le « on » ne le désignait pas directement. Il devinait qu'une idylle se nouait entre Angèle et François. Cette idée ne lui était pas désagréable.

Lundi 25 janvier 1847

La table était dressée avec soin. Cent fois, Angèle avait vérifié qu'il ne manquait rien. Bien qu'attentionnée en général, jamais elle n'avait fait preuve d'autant de méticulosité pour recevoir un invité. Sans nul doute, elle souhaitait que l'hôte conservât une bonne impression de cette invitation. Pour ne point être dérangées durant le repas, les femmes qui, habituellement, servaient à tour de rôle elles-mêmes les mets, avaient décidé de faire appel à une voisine pour cette circonstance. Les volontaires ne manquèrent pas. Mieux que des gages, la bienheureuse élue trouverait là un trésor inépuisable pour alimenter les commérages et surtout pour prétendre apporter une information puisée à la source, de « première bouche » en quelque sorte. Angèle avait réussi à communiquer sa tension à sa mère Jeanne et à sa tante Marie. Seul, Benjamin attendait l'arrivée de l'invité dans la plus parfaite décontraction.

Martin était allé accueillir François à la diligence. Les deux hommes entrèrent, les cheveux hirsutes. Depuis quelques heures, un vent violent estourbissait la ville. Martin présenta François et excusa Tourangeau qui était quelque part, entre Tours et Nantes, et devait se battre avec le fleuve malmené par les bourrasques. François fit état de peupliers brisés sous la pression du vent et de nombreux arbres déracinés. Il offrit quelques friandises aux deux femmes et remit à Angèle un paquet savamment décoré. Il avait dû faire preuve de beaucoup d'astuces pour le protéger des intempéries et lui préserver un aspect présentable. Angèle déploya le papier et révéla un magnifique châle de cachemire. François Dumont avait bien du goût!

Le dîner se déroula dans la bonne humeur. François conta succinctement les événements dont il avait été témoin à Buzançais. Martin confirma que plusieurs bataillons étaient passés à Tours, soit pour se rendre à Buzançais en renfort, soit pour aller endiguer des mouvements de révolte aux alentours, notamment à Châteauroux. De temps en temps, les conversations s'interrompaient brusquement sous le choc d'une violente rafale de vent, qui semblait avoir eu la force d'arracher le toit, puis après quelques instants d'une écoute attentive, rassurés, les convives reprenaient la discussion.

François ajouta:

– Tout ça n'annonce rien de bon. Rares sont les responsables qui s'inquiètent réellement de savoir comment vont survivre certaines familles jusqu'à la belle saison…

– Le conseil municipal de Tours se montre inquiet, observa Benjamin. Il ne tient pas à avoir sur les bras une autre émeute. Il a décidé, suite à la hausse du prix de la farine et, par conséquent, à celle du prix du pain, de porter les bons de diminution du prix du pain de quarante centimes par six kilogrammes à quatre-vingts centimes pour la même quantité de pain. Mais ce n'est qu'un pis-aller…

– Pour notre part, l'administration du chemin de fer vient de proposer au ministre du Commerce une modification à la baisse des tarifs de transport des grains. Pour favoriser l'approvisionnement de notre département, les prix seront nettement à la baisse, dans le sens Orléans-Tours, et fortement à la hausse dans le sens Tours-Orléans…

– Encore un sale coup porté aux mariniers ! déclara Marie.

– Ils sont les premiers à dire qu'ils ne trouvent rien à transporter d'Orléans à Tours. Et puis, il ne s'agit que du tarif du transport des grains.

Martin ajouta encore :

- En tout cas, ceci prouvera que l'administration du chemin de fer fait ce qu'elle peut pour aider les autorités à affronter les difficultés économiques et que le chemin de fer n'en est pas la cause, comme certains laissent à le croire. Si le chemin de fer n'était pas là, combien de chantiers offriraient du travail ?

On parla aussi de l'activité des femmes. Si la boutique vendait bien, les femmes se montraient néanmoins prudentes. La broderie avait-elle un avenir assuré ? Elles étaient bien placées pour savoir ce que les mariniers payaient pour avoir cru leur activité éternelle. L'expérience repoussait les certitudes au fond de la mémoire. Fallait-il être attentif à toutes les nouveautés, comme le claironnait Martin ? Elles se montraient encore hésitantes.

Angèle était si séduite par la beauté de son châle qu'elle ne le quittait pas des yeux. Elle imaginait la jalousie de ses amies devant un tel drapé sur ses épaules. Toutes ces nouveautés qui arrivaient de la capitale jetaient le désordre dans les tenues de ces demoiselles et reléguaient certains costumes au magasin des antiquités.

Benjamin suggéra, bien mal à propos :

– Puisque tu sembles assurée du succès de ce châle, pourquoi n'en vendrais-tu pas ?

– Il n'en est pas question. Le goût de François est sûr, ces couleurs sont si chatoyantes que je ne souhaite pas les voir sur d'autres épaules que les miennes !

– La pensée des femmes est trop compliquée pour moi !

Le dîner s'acheva fort tard. Personne ne songeait à interrompre cette soirée agréable, encore moins après que François eut annoncé qu'il avait décidé de quitter Paris. Le lendemain matin, il avait rendez-vous avec le directeur du *Journal d'Indre-et-Loire*, et si l'affaire évoluait comme il souhaitait, il ne tarderait pas à égratigner de sa plume quelque hobereau, à moins que ce ne soit quelque notable du terroir.

Mardi 26 janvier 1847

La nuit enveloppait encore toute chose quand Martin fut réveillé par des bruits venus de la rue. Il ouvrit la fenêtre de sa chambre située au deuxième étage et se pencha, cherchant à distinguer une silhouette.

– Monsieur, on m'a envoyé vous chercher !

– Je descends, cessez de hurler !

Quelques minutes plus tard, dans la rue, un peu à l'abri du vent, l'homme précisa :

– Monsieur, l'ouragan fait des ravages à l'embarcadère. C'est d'abord la grande cheminée de l'usine de construction de wagons qui s'est abattue, puis plusieurs toits ont été emportés. Maintenant, c'est bien plus grave. L'employé chargé de signaler l'entrée d'un convoi était justement occupé à son travail, et ce n'était pas facile par ce temps, quand il a été soulevé par le vent. J'aurais voulu que vous voyiez ça ! Comme une plume, il s'est envolé. Il a été projeté contre les voitures du convoi. Puis il est tombé sur la voie et les dernières voitures lui sont passées sur le corps. C'est pas beau à voir ! Vous pouvez me croire ! Il est mort.

– Inutile d'ajouter des détails. Retournez à l'embarcadère. Je viens.

La vie de l'homme ne pouvant plus être épargnée, quelques minutes plus tôt ou plus tard ne changeraient rien. Martin fit un détour par l'hôtel où dormait François. Il le réveilla, non sans avoir eu quelques difficultés avec le concierge.

Martin avoua qu'il avait hésité à venir le mettre au courant, ainsi, avant tout le monde. N'y avait-il pas quelque chose de choquant à se saisir de la mort d'un homme ?

– C'est vrai, mais ne suis-je pas journaliste ? Quels que soient les faits, je dois les conter tous, heureux ou non. Les circonstances me servent et c'est là ce qui me gêne

Il songeait à son rendez-vous dans quelques heures. Entrer dans le bureau du directeur d'un journal en lui révélant avant tout le monde une information, n'était-ce pas un engagement assuré ?

8

Lors de ses courts séjours dans la cité tourangelle, François Dumont avait eu l'occasion de se rendre compte que la province n'était pas si engourdie et archaïque qu'on le croyait dans la capitale. Si le drame fondait parfois sur elle sans qu'elle en soit initiatrice, elle savait produire quelque comédie qui, loin de tourner à la bouffonnerie, se concluait parfois sur un mode tragi-comique.

François Dumont, en s'installant à Tours, espérait connaître des événements notoires. Il ne se doutait pas qu'il allait être témoin d'une crise municipale sans précédent, qui allait agiter la ville pendant plusieurs mois.

L'affaire avait éclaté quelques jours avant son arrivée lorsqu'un conseiller avait interpellé le maire à propos de l'élagage des arbres du mail, qu'il avait ordonné. Perplexe, François s'était interrogé :

— Vous croyez qu'une question aussi anodine peut déclencher des soubresauts ? Nous n'allons pas encombrer nos colonnes de telles banalités ! Les gens sensés balayeront tout ceci d'un revers de manche !

— Détrompez-vous, mon jeune ami, avait objecté son collègue Ferdinand Lepage, bien au fait de la vie publique. Vous verrez, l'affaire fera grand bruit ! D'ailleurs, lors de la dernière séance, le conseiller chicaneur a obtenu la constitution d'une commission d'enquête, nommée au scrutin secret, et il a eu l'audace de demander que le conseil interdise au maire de continuer à élaguer les arbres !

— Diable, le conseil l'a-t-il suivi ?

— Absolument. La prochaine session, les 22 et 23 février, risque d'apporter des rebondissements inattendus. Je suis impatient de voir comment le maire va se défendre !

~~~

Le 22 février, le maire fut averti, quelques heures seulement avant que le conseil n'eût lieu, que le rapport de la commission serait présenté.
~~~

Il en fut fort aigri. La commission avait travaillé avec une diligence inhabituelle.

〜〜

Aussitôt averti de ce qui se tramait au conseil par Ferdinand, François, qui commençait à subodorer que cette affaire en cachait une autre, réfléchissait au moyen d'obtenir des informations, le conseil n'étant pas public. Ferdinand, qui avait du savoir-faire et qui fréquentait assidûment aussi bien les riches corridors que les loges des concierges, le rassura tout de suite. Il avait déjà mis en alerte son dispositif d'information. Il reçut très vite une copie du rapport de la commission qu'il transmit directement à l'imprimerie, le conseil n'ayant pas encore eu lecture du rapport. De petits billets arrivèrent à la rédaction, les tenant au courant du déroulement du conseil. Avait-il une bonne raison, s'en trouva-t-il une, toujours est-il que le maire se fit excuser à la séance. Loin d'empêcher les auteurs du document de poursuivre leurs objectifs, malgré l'objection d'un conseiller qui fit observer qu'il n'était pas convenable de procéder en l'absence du maire, le conseil se prononça pour la lecture, acceptant seulement d'ajourner la discussion au lendemain.

François ne pouvait pas se résoudre à attendre tranquillement les nouvelles comme Ferdinand ne cessait de le lui recommander.

« Je vous répète, dès que des rebondissements interviendront, nous serons les premiers informés. J'ajoute que je suis certain qu'il y en aura. En tout cas, la publication intégrale du rapport suscite des réactions chez nos concitoyens. Puisque vous ne tenez pas en place, allez donc faire un tour en ville et recueillez quelques échos ! »

Comme par hasard, François prit le chemin de la rue Colbert. Angèle était occupée à quelque rangement, attendant les clientes, rares en ce début d'après-midi. Jeanne était affairée à broder une nappe qu'elle devait terminer sans plus tarder pour un repas de baptême.

François demanda à Angèle s'il lui était possible de se libérer, ne serait-ce qu'une heure, pour faire quelques pas en sa compagnie et lui permettre de compléter sa connaissance de la ville. Elle accepta avec une joie non dissimulée. Elle se vêtit chaudement et, ensemble, ils s'engagèrent place Foire-le-Roi. Ils marchèrent en silence d'abord, tout à la joie de se retrouver seuls. Puis, ils bavardèrent, ayant mille choses à se confier. Ils continuèrent leur promenade bien au-delà d'une heure…

Après avoir raccompagné Angèle, François fit un détour par la mairie avant de regagner le journal. Il collecta quelques rumeurs. Certains disaient que le vote n'avait pas encore eu lieu, d'autres que la majorité, qui avait adopté les conclusions du rapport, était écrasante, d'autres encore que le maire avait été contraint, contre son bon vouloir, de démissionner.

La sortie des conseillers était annoncée comme imminente, néanmoins François jugea préférable de regagner la rédaction. Grâce à sa sagacité, Ferdinand devait en connaître plus que tous ces badauds qui piétinaient dans cette antichambre.

François trouva Ferdinand prêt à sortir.

– Où allez-vous ? Vous avez du nouveau ?

– Pas encore. Une course urgente, venez donc avec moi !

Décidément, François ne comprenait plus l'attitude de Ferdinand. Alors que les nouvelles allaient arriver, celui-ci se décidait à faire des emplettes.

Ils se trouvèrent bientôt à la porte d'une quincaillerie. Ils entrèrent et, avec assurance, se dirigèrent vers un comptoir situé au fond de la boutique où l'on servait plus particulièrement les pointes. Un employé s'empressa :

– Ces messieurs désirent ?

– Laissez, Jean, je vais servir moi-même. Monsieur Ferdinand est un vieil ami ! Ne sommes-nous pas pays ?

C'était le patron qui s'était approché et avait éloigné le vendeur empressé.

– Alors, qu'est-ce que je te sers ?

– Mets-moi une livre de pointes de 60… (puis, baissant la voix) alors ?

Le patron jeta un coup d'œil interrogateur vers François.

– N'aie aucune crainte, c'est mon nouveau collègue.

Le patron s'écarta du comptoir, chercha parmi la douzaine de casiers rangés contre le mur celui qui contenait le calibre demandé et revint vers eux.

– Quel spectacle ? Le maire s'est d'abord indigné que la presse ait pu avoir un exemplaire du rapport avant lui-même, et, surtout, qu'elle le publie avec tant de diligence. Ensuite, il a lu un texte interminable pour sa défense, pour nous apitoyer. C'était pitié ! Du genre : « Quinze années de dévouement à la ville… Je suis un homme d'honneur… malgré ma maladie, mes jours et mes nuits ont été consacrés à prendre des mesures, à soulager la misère durant trois mois, sans interruption… les services rendus durant la crue… etc. » Ensuite, il en est venu aux méthodes employées par la commission qu'il aurait dû présider. Or, elle ne lui a pas soumis ses conclusions… Puis, dans un style épuisant, il a fait l'historique de tous les élagages entrepris, depuis des lustres dans la cité, enchaînant sur un cours complet d'élagage. L'élagage simple qui consiste à enlever les petites branches qui se dirigent mal, à redresser les pousses, à écheniller, et le gros élagage que ses détracteurs nomment mutilation…

– Tu aurais pu lui prêter une serpette, il vous aurait fait une démonstration… Comme si chacun de nous ne savait pas de quoi il retourne.

– Tout y est passé. La lumière qui doit pénétrer au travers des branches, un inventaire complet… Branche par branche… Bien entendu, l'objectif poursuivi, sous l'avalanche de détails, était de nous éloigner de la question essentielle. Il a bien fallu y venir. Avait-il le droit, oui ou non, d'ordonner l'élagage ? Tu penses bien qu'il a répondu oui. Là encore, il est remonté aux calendes grecques, omettant de préciser que, lors du dernier élagage, le conseil l'avait désapprouvé.

Une fois de plus, il a montré qu'il ne tenait pas compte des souhaits exprimés par l'assemblée. Malgré ses arguments, le conseil a rejeté son plaidoyer et a approuvé, par dix-huit voix contre cinq, un texte contre lui.

– Est-ce bien juste ? objecta François. N'est-ce pas un prétexte bien mince, que l'élagage de quelques arbres dont il n'est pas prouvé qu'il ait été mal fait, pour mettre en difficulté le maire ?

– Prétexte, c'est le mot qui convient, répliqua le patron.

– Notre rôle est-il de laisser faire cela, sans en savoir plus ? ajouta François.

– Le reste, nous le savons, reprit Ferdinand. En privé, même les partisans les plus fanatiques du maire reconnaissent la nécessité de sa retraite. Il te faut savoir que les élections de 1845 avaient été marquées par un esprit d'opposition au maire suite au fait que, les anciens quartiers et surtout les quartiers commerçants se trouvaient menacés par le développement excessif de la cité au midi. Tout le monde comprenait la nécessité de s'opposer à un système dont la conséquence immédiate devait être la ruine de l'intérieur et des extrémités de la ville, au profit de spéculateurs qui possèdent les terrains au midi. La destruction des arbres du mail est un projet obstinément poursuivi.

Le conseil, représentatif non d'une poignée de spéculateurs, mais de la masse des habitants, s'y est opposé. L'activité des commerçants, des industriels serait gravement compromise par le déplacement des centres actuels du commerce et du travail. Le conseil a rempli la mission pour laquelle il a été élu. C'est bien ainsi.

– Croyez-vous, jeune homme, que nous allons nous laisser manœuvrer par les spéculateurs avisés ! Certainement pas. Il y va de la survie de nos commerces. Le maire n'a pas voulu tenir compte de nos mises en garde, il est trop tard maintenant. Il est normal qu'il paye.

– Je comprends mieux maintenant. Pourquoi ne pas m'avoir mis plus tôt dans la confidence, Ferdinand ?

– Mon jeune ami, il faut que vous fassiez votre apprentissage. L'apparence des choses est insuffisante pour comprendre. Il faut gratter la surface et chercher ce qui se cache au-dessous. Il ne faut pas aborder la politique avec de grands idéaux. Si vous persistez dans cette voie, vous serez vite déçu. La politique réclame beaucoup de subtilité. Les hommes sont souvent plus pragmatiques qu'idéalistes. Vous apprendrez cela !

– Combien voulais-tu de pointes, déjà ?

– Une livre.

– Voilà, bon poids ! (baissant de nouveau
la voix) J'ai glissé dans l'emballage une copie
de l'intervention du maire, ainsi que celle de la
déclaration finale du conseil.

Ferdinand se dirigea vers la caisse pour payer.
La caissière le salua chaleureusement :

– Il y a bien longtemps qu'on ne vous avait vu ?

– Vous savez, Madame Germaine, le travail
manuel n'est pas mon fort ! Cependant, il faut
bien, de temps en temps, effectuer quelques petits
travaux ! Rien que pour vous saluer, je pourrais
bien revenir avant longtemps !

9

La descente jusqu'à Nantes s'était effectuée sans difficulté particulière. La Loire était suffisamment gorgée d'eau pour porter *La Confiance* et l'entraîner jusqu'au point le plus bas de la vallée.

Tourangeau avait bien failli remonter à vide. Il avait fait le difficile, refusant un chargement de barils de poissons de mer salés, estimant la course insuffisamment payée, d'autant qu'il fallait remonter jusqu'à Orléans et, qu'arrivé là-bas, il n'avait aucune certitude de trouver du fret pour une nouvelle avalaison.

Il avait fait ses calculs. C'était travailler sans gain. Le mandataire avait refusé toute négociation. C'était ça ou rien ! Les gabares en attente de marchandises ne manquaient pas !

Tourangeau, piqué au vif, avait répliqué tout net : « C'est rien ! »

Il n'avait pas été long à regretter son emportement.

Pour rien, c'était rien ! Les rares affaires encore à traiter à cette heure étaient proposées dans des conditions financières telles que la cargaison de saumures qu'il avait refusée était par comparaison une mine d'or. Les mandataires étaient les maîtres du jeu. Ils savaient bien que nombre de mariniers préféreraient un mauvais marché que pas de marché !

De fort méchante humeur, Tourangeau s'éloigna du port et s'engagea dans la ville, à la recherche d'un client à l'écart du négoce traditionnel.

∾

Au détour d'une ruelle, après bien des pas, la chance s'offrit à lui sous la forme de cinq charrettes à bras, chargées d'épices, et qui semblaient attendre un enlèvement.

Le marinier, qui avait topé la main du marchand épicier la veille au soir, avait sombré, à quelques pas de là, dans une ivresse qui lui tenait au corps. Le marchand, engagé auprès d'un important comptoir parisien, s'arrachait les cheveux de désespoir.

Il sollicitait, n'ayant pas l'habitude lui-même de la boisson, les avis du tenancier, des clients, des badauds, qui faisaient cercle autour de l'ivrogne. Les gobe-mouches soulevaient à tour de rôle le visage rubicond, écartaient une paupière qui laissait apparaître un œil glauque et pronostiquaient entre six et douze heures de cuvée. Le tenancier, homme d'expérience en cette matière, confirma douze heures pour le moins, après avoir consulté la serveuse et établi l'inventaire du liquide ingurgité.

L'épicier, homme habituellement peu enclin à dévoiler ses sentiments, passait de la colère au désespoir, disant que ses économies ne suffiraient à régler le dédit à son client, que ce pochard avait réduit à zéro une vie de labeur, que bientôt ses enfants iraient dénudés et le ventre vide parce que leur père avait attaché quelque prix à un serment d'ivrogne, sans compter son honneur bafoué auprès d'une clientèle qu'il avait servie avec une conscience professionnelle exemplaire jusqu'à ce jour !

Tourangeau mit fin aux lamentations de l'épicier, retourna la situation à son avantage et enleva l'affaire. Pourquoi payer un dédit et prendre le risque que cet incident fasse le tour de sa clientèle ? Ne vaudrait-il pas mieux dédommager largement un excellent marinier qui se ferait fort de rattraper le temps perdu et d'arriver dans les délais ?

« Chat échaudé craint l'eau froide, répliqua l'épicier. Je ne suis d'accord qu'à la condition d'un bon contrat écrit entre nous ! »

La Confiance ayant échappé aux effluves des morues salées, des harengs saurs et autres produits de la mer, se remplit des parfums des épices. Certains se révélaient sous le soleil de l'après-midi, d'autres attendaient le jour déclinant ou l'air vif de la nuit pour exhaler leur substance. Nul besoin de consulter l'étiquette fixée au baril pour deviner son contenu. Le nez suffisait à vous renseigner. Certains parfums capiteux pénétraient l'odorat avec sensualité, tandis que d'autres senteurs provoquaient une irritation nasale. Tourangeau s'exerça à reconnaître la muscade, le gingembre, la girofle, la cannelle, l'anis, la vanille… À défaut d'en connaître le goût ou l'aspect extérieur, il s'imprégnerait de leur odeur.

～

Le vent tombé avait contraint Tourangeau à mouiller l'ancre au milieu du fleuve. Ne voulant point s'exposer à faillir à son contrat, il était bien décidé à ne pas gâcher un instant et à naviguer aux limites du possible. Sa voile, en drapeau, ne le chagrina point. Jusqu'ici, il avait fait bonne route. Il décida de cet arrêt forcé pour dormir. Se sachant fatigué, il ne voulut pas courir le risque de ne point se réveiller au premier souffle de vent et de dormir jusqu'au lever du jour. Il attacha la marne à son poignet. La corde, nouée à l'autre extrémité à la vergue, ne manquerait pas de se mettre en branle si la voile se gonflait un peu. Ce réveille-matin en place, il s'endormit sans inquiétude. Il rêvait à Marie, quand il s'éveilla et fut étonné de ne point la trouver à ses côtés. Un claquement de la voile mit fin définitivement à son rêve et la réalité lui revint aussitôt à l'esprit. Il faisait encore nuit noire, mais il lui en fallait beaucoup plus pour l'arrêter. Il décida d'appareiller puisque le vent se manifestait à nouveau. Au bout de quelques instants, le noir semblait moins dense, plein de nuances, les yeux s'étaient accoutumés à l'obscurité relative en pleine nature et discernaient suffisamment les obstacles. Les terres apparaissaient comme des masses indistinctes, enveloppées dans une nuit profonde. Au contraire, les eaux du fleuve étaient baignées de lueurs qui laissaient transparaître les lignes et les contours.

Tourangeau aurait pu se déplacer les yeux fermés sur *La Confiance*. Il n'avait nul besoin d'un falot pour s'emparer du moindre objet. Certes, l'habitude des lieux facilitait la tâche mais aussi l'emploi d'une méthode de rangement rigoureuse. Nul désordre à bord n'était toléré, d'abord pour préserver les hommes du danger, mais aussi parce que certaines manœuvres devaient se dérouler dans un temps très court qui n'aurait pas permis la recherche d'un outillage. Enfin, parce qu'une gabare était faite pour recevoir un chargement et qu'il restait peu d'espace libre quand elle voguait.

La seule difficulté qui demeurait, selon Tourangeau, dans cette navigation nocturne à peine autorisée et contre laquelle il ne pouvait rien, sinon implorer la Vierge Marie de veiller sur lui, c'était une mauvaise appréciation des hauteurs d'eau. Si la gabare s'écartait sensiblement du chenal principal, elle risquait de s'échouer sur un banc de sable insuffisamment recouvert, danger que, même de jour, on avait déjà du mal à écarter.

Si les eaux avaient été plus basses, Tourangeau ne se serait pas risqué à cette navigation nocturne. Il jugea que *La Confiance*, peu chargée, avait un tirant d'eau qui permettait de passer partout. La Loire était encore suffisamment grosse des eaux de la fonte des neiges.

La Confiance remonta ainsi le fleuve durant deux bonnes heures, poussée par un vent d'ouest franc. Peu à peu, la nuit s'était adoucie, laissant sa place à la lueur du jour. Les feuilles des saules, agitées par la brise, semblaient envoyer quelques messages en morse. Tantôt, elles offraient leur face teintée d'un vert mat, tantôt leur face argentée, réfléchissant plus ou moins la lumière. C'était peut-être un ordre d'apaisement qu'elles transmettaient aux oiseaux, qui se livraient à de rudes batailles à l'abri des regards, dans les buissons touffus. En longeant les îlots, Tourangeau avait les oreilles agressées par leurs cris. Le rougeoiement du soleil se devinait plus qu'il ne se voyait encore, caché derrière des rideaux de brume qui flottaient au-dessus des eaux. Tel un fanal marquant une voie, le soleil était juste dans l'axe de navigation de *La Confiance*.

Loin devant lui, un obstacle fit cligner des yeux Tourangeau. Il ne discernait pas encore. Peu à peu, les lignes se précisèrent. Il distingua une gabare. À sa ligne de flottaison, très basse sur l'eau, il comprit qu'elle était lourdement chargée. Se rapprochant encore, il devina qu'elle était immobilisée, malgré elle, prisonnière des sables. Son équipage était dans l'eau jusqu'au torse, s'escrimant, à la proue, à vouloir dégager l'embarcation sans y parvenir.

Apercevant *La Confiance*, ils agitèrent leurs bras et donnèrent de la voix afin qu'elle s'immobilisât à leur hauteur. Tourangeau réduisit quelque peu la voilure et descendit une chaîne, qu'il laissa traîner dans l'eau pour se ralentir, n'ayant nullement l'intention de jeter l'ancre et d'arrêter complètement sa gabare.

Un homme qui semblait être le patron de *La Cabotine* raconta ses déboires. Il avait trouvé un chargement de pains de sucre. Le marché était bâtard. Trop pour une gabare, pas assez pour deux si on voulait en retirer un bénéfice. Il avait escompté trouver un arrangement avant d'appareiller, ce qui ne s'était pas produit. Alors, il avait accepté le risque, n'ayant pas le choix. Et voilà, depuis plus d'une heure, ils étaient à patauger sans aboutir. Par chance, *La Confiance* passait fort à propos. En s'arrimant à elle, ils avaient bon espoir de sortir *La Cabotine* des sables.

Tourangeau ne l'entendit pas de cette oreille. Il avait, lui aussi, un contrat à respecter et n'avait pas une minute à donner aux autres. Il préconisa de patienter quelque peu, il se trouverait bien un chaland où une autre gabare à passer bientôt.

Le patron de *La Cabotine* ne voulait pas laisser échapper une si belle occasion, il insistait. Il faudrait si peu de temps pour passer une amarre !

Tourangeau répugnait à refuser son aide, mais il avait ses propres affaires à préserver. C'est que ce n'était pas d'une minute dont il fallait disposer ! Rien qu'à observer le régime des courants, on voyait bien que le coude amorcé par le fleuve, à cet endroit, précipitait l'eau du bras principal vers cette grève, masquée en surface. Pour avoir quelque chance de les sortir de là, il lui faudrait remonter le fleuve au-delà de la courbure, manœuvrer pour prendre l'avalaison, ignorer ce courant pour ne point être déporté lui-même, s'engager sur l'autre moins rapide, en apparence, à cet endroit de la dérivation mais beaucoup plus porteur, enfin ne pas rater au passage l'amarre. Ce n'était pas rien !

Tous les hommes convinrent que c'était le bon choix. Ils se gardèrent bien d'avouer que Tourangeau avait raison quand il affirmait qu'il fallait compter pour le moins deux heures pour dégager *La Cabotine*, et encore, si la première traction s'avérait suffisante.

Après avoir maugréé, Tourangeau céda aux arguments de ses confrères et s'exécuta, non sans avoir embarqué à son bord un homme pour le seconder dans la manœuvre. Il évita les remous traîtres, aida *La Confiance* de son bâton de marinier à s'engager sur le courant favorable, au moment où il se séparait du principal, attrapa du premier coup la longue amarre balancée de *La Cabotine*, la fixa soigneusement, s'agrippa en prévision de la secousse, qui ne manquerait pas de se produire lorsque la corde se tendrait entre les deux embarcations.

L'amarre se brisa d'un coup sec et tournoya comme une toupie. *La Cabotine* s'obstina à se prélasser sur son lit de sable. Devant son entêtement, elle reçut une volée de jurons. Tourangeau ne se souvenait sans doute plus qu'il avait prié la Vierge Marie de veiller sur lui durant son voyage. Si elle avait obéi aux suppliques, elle devait être rouge de confusion !

Les hommes n'eurent pas le temps d'évaluer si la manœuvre avait provoqué un léger soubresaut de *La Cabotine* que des coups de sirène insistants indiquèrent de dégager le chenal au plus vite. Un vapeur arrivait à vive allure.

Tourangeau éloigna *La Confiance*. Sur *La Cabotine* les hommes s'affairèrent vivement à préparer une nouvelle amarre. Un vapeur, c'était une fameuse chance.

« Quand les personnels à bord de ce monstre se seront rendu compte de la situation, ils réduiront sans doute la vitesse et proposeront de tirer un câble pour dégager la gabare », se dirent les mariniers.

Pour un vapeur développant une telle puissance, c'était chose simple, d'autant qu'il n'aurait même pas à manœuvrer, allant lui-même d'amont en aval.

C'était trop espérer. Il passa, indifférent, méprisant, sans s'inquiéter de l'embarcation en difficulté. Dans son sillage, il laissa une multitude de vagues, qui soulevèrent *La Confiance*, provoquant roulis et tangages. Pour sa part, *La Cabotine* reçut sur son flanc gauche les rouleaux, qui s'écrasèrent contre sa coque sans la faire bouger d'un pouce.

Les hommes, fort grognons, se défoulèrent en aboyant invectives et injures en direction du vapeur *La ville de Nantes*. On jura qu'on s'en souviendrait !

Ce mouvement d'humeur passé, qu'allait-on pouvoir faire pour libérer des sables *La Cabotine* ?

On jeta une planche entre les deux bords et les hommes s'assemblèrent pour faire le point.

Maintenant qu'il était engagé dans cette affaire, Tourangeau ne voulait pas les laisser tomber, seulement il était préoccupé par son contrat, il lui fallait le remplir. Cette question fut réglée en premier. Le patron de *La Cabotine* lui proposa de choisir, soit il lui prêtait un homme d'équipage pour finir sa course, soit il acceptait un couplage des gabares. Tourangeau, pour des raisons d'économie, voyageait seul. Aussi, dans certains passages délicats, devait-il s'arrêter et recruter un homme pour le seconder dans les manœuvres. Il préféra au couplage l'offre d'un équipier. Le patron ajouta que si, d'autre part, la cargaison de sucre arrivait à bon port – à ce point du voyage il en doutait encore – il n'oublierait pas le service rendu.

– Bon, maintenant, que pouvons-nous pour *La Cabotine*?

– À mon avis, indiqua Tourangeau, la manœuvre était parfaite. Ce n'est pas en recommençant qu'on changera grand-chose!

– Je vois bien ce qu'il faut faire, ajouta le patron. Personne n'est chaud, mais c'est la seule solution.

– Tu veux dire que nous allons décharger?

– Eh oui! Nous tournons en rond comme des manchots que nous sommes, mais c'est par là qu'il va falloir passer.

– On n'a pas fini de patauger.

– Combien va-t-il falloir en descendre?

– Je ne sais pas, une tonne, peut-être deux…

– Avait-on besoin d'être chargé à regorge-museau?

– Tu fais le malin, mais quand nous étions sur le quai en quête d'une marchandise, t'avais pas tant d'idées ! Tu sais bien qu'on n'avait pas le choix.

– Avez-vous bientôt fini vos haricot'ries, vous deux ? Vous feriez mieux de réfléchir où nous allons la mettre, cette marchandise.

– Je proposerais bien cette île, mais avant, il faut sonder le chenal.

– J'ai bien peur que nous ayons de l'eau par-dessus les oreilles avant de l'atteindre, si encore on avait un chargement de bois, on pourrait le faire flotter, mais pour tout arranger, c'est du sucre !

– Bon allez, vas-y toi ! Va sonder au lieu de bougonner !

Comme ils le craignaient, les fonds de ce côté étaient trop profonds. Impossible d'entreposer provisoirement le chargement sur cette île.

– Il ne reste que cette grève, là-bas.

– Mais il y a au moins trois cents mètres à traverser dans l'eau !

– Tu vois une autre solution, gros malin, t'as une idée ? Non, alors tu sais ce qu'il nous reste à faire !

– On pourrait peut-être simplement soulager *La Cabotine* en faisant passer une partie de sa cargaison sur *La Confiance*. Cela suffirait peut-être !

– Combien allons-nous pouvoir en mettre ? À peine une tonne. Et après, si on en a besoin pour aider à la manœuvre, on ne pourra plus l'utiliser. Cherche pas à t'économiser, il faut décharger, un point c'est tout !

Durant près de trois heures, les hommes firent l'aller et le retour entre la grève et *La Cabotine*, emportant dans leurs bras quelques pains de sucre. À chaque voyage, ils espéraient que c'était le dernier, qu'en libérant *La Cabotine* de quelques pains, elle allait retrouver sa flottaison. Mais sa proue était toujours soudée au sable.

Cinq sapinières passèrent, elles ne s'arrêtèrent point, profitant du courant. Les hommes lancèrent au passage quelques mots d'encouragement.

Tourangeau ramassa une carpe ensablée qui faisait bien une douzaine de livres. Elle avait sans doute été surprise par la décrue et était restée prisonnière dans un trou d'eau. C'était assez rare mais cela se produisait quelquefois, bien que les poissons soient suffisamment sensibles aux mouvements du fleuve pour se réfugier dans le lit en cas de débit anormal.

～

Enfin, *La Cabotine* céda. Dès qu'elle donna des signes de renoncement, les quatre hommes conjuguèrent leurs forces et exercèrent des tractions, qui eurent pour effet de la remettre en complet état de flotter. Aussitôt, ils s'empressèrent de l'éloigner de la grève. D'un commun accord, ils décidèrent de manger un morceau avant d'entreprendre de ramener les pains de sucre amoncelés en pyramide sur le sable. Pour un échouage réussi, c'était réussi! Ils évaluèrent la cargaison déplacée à près de deux tonnes.

Les hommes avaient le plus grand besoin d'un repas chaud après une telle dépense d'énergie et un aussi long séjour dans l'eau glacée. *La Cabotine* était équipée d'un fourneau. Un homme se chargea de rendre de la vigueur au feu tandis qu'un autre s'occupa de la prise de Tourangeau. De quelques coups de couteau distribués avec une grande dextérité, il transforma la carpe en filets prêts à cuire qu'il déposa dans la poêle chaude.

Tourangeau s'occupa des ingrédients complémentaires, il éminça oignons et aulx, émietta le tout sur les filets et recouvrit le mélange d'une dose de vin blanc. Il ne restait plus qu'à patienter un peu, à laisser mijoter la pitance dont l'odeur commençait à se répandre dans la cabane.

Une rafale de coups de sirène vint troubler leur attente. Un vapeur s'annonçait encore. Les embarcations n'étaient pas mouillées au centre du chenal, elles ne risquaient point d'être une gêne pour le vapeur. Par contre, elles pourraient, elles, se trouver incommodées par son passage. Les remous de l'eau, occasionnés par le transit du vapeur, pouvaient les repousser vers la grève. *La Cabotine* en sortait, il n'était pas question de se faire prendre à nouveau. Les hommes se précipitèrent dès les premiers sons de la sirène.

Nul ordre ne fut donné. Chacun, d'instinct, savait ce qu'il convenait de faire. Tourangeau sauta sur *La Confiance* et se prépara à la manœuvre. Un homme surnommé la Fouine glissa une bouée faite de cordages tressés entre les flancs des embarcations, afin d'éviter les frottements éventuels coque contre coque. Le patron, ainsi que le Rouquin s'étaient armés de gaffes et surveillaient les mouvements des gabares, prêts à faire pression sur le fond sableux pour les repousser vers le chenal.

Roulis, tangage, roulis, tangage, le vapeur signa ainsi son passage.

Un « nom de Dieu » retentit comme un coup de tonnerre. Qu'était-il arrivé à Tourangeau pour provoquer une telle exclamation ?

– Regardez les pains de sucre, ce putain de vapeur a provoqué une montée des eaux sur la grève. Pour sûr, il y a du dégât !

Ils furent bientôt tous quatre dans l'eau, s'éclaboussant et se dirigeant vers le lieu de stockage. La catastrophe était moins grave qu'ils l'avaient imaginée. Les vaguelettes avaient touché uniquement les pains posés à même le sable.

– On ferait peut-être mieux de charger avant de manger, d'ici à ce qu'un autre arrive et fasse encore des dégâts ! À ce compte-là, ce soir on n'aura plus de surcharge !

– Quelques pains en plus ou en moins, je te parie que le marchand n'y verra que du feu !

– C'est pas une raison.

– La carpe dans tout ça ? Tu vas voir qu'elle va être calcinée, c'est vraiment notre jour de chance !

Durant le repas, rapidement pris, ils convinrent du déroulement à venir. Tourangeau prendrait à son bord un équipier et se chargerait d'une petite tonne de sucre, ainsi *La Cabotine* aurait des chances d'aller jusqu'à son port de déchargement sans connaître d'autre échouage. *La Confiance* irait directement jusqu'à Orléans livrer les épices, qui devaient ensuite gagner la capitale par le chemin de fer. Puis, elle reviendrait à Blois décharger le sucre. On discuta ferme : qui de la Fouine ou du Rouquin passerait sur *La Confiance* ?

Tourangeau montra sa préférence pour le Rouquin. Il était moins athlétique que la Fouine mais présentait un caractère plus facile, moins expansif. La Fouine n'avait pas gagné son surnom par hasard ! Tourangeau ne tenait pas à partager plusieurs jours de travail avec un équipier qui remettrait en question chaque ordre, chaque propos.

Les affaires réglées, la discussion s'orienta vers les dernières nouvelles.

La Fouine, qui savait tout – sa sagacité se manifestant toujours quand la situation n'exigeait pas un avis immédiat et d'importance – fit état d'un article qu'on lui avait lu dans le journal du Loiret. La Compagnie des Remorqueurs venait de traiter avec l'administration du chemin de fer d'Orléans à Bordeaux. Les vapeurs se borneraient à l'avenir à faire le trajet Nantes-Tours, au lieu de remonter jusqu'à Orléans. Ainsi, point de concurrence entre eux. Un partage du marché. Le patron de *La Cabotine* confirma. Il y avait quelques jours, à Nantes, il avait appris la nouvelle. Les départs des vapeurs de Nantes allaient être doublés afin de recueillir tout le trafic. Un nouveau tarif, à la baisse, était annoncé chaque jour dans le journal sur une pleine page.

〜〜〜

Tourangeau fit observer que cette entente entre le chemin de fer et les vapeurs durerait le temps d'un feu de paille.

– Pour l'instant, ils se complètent. L'un va vite mais coûte cher ; l'autre va plus lentement mais est moins onéreux. C'est la guerre des tarifs ! Les compagnies des vapeurs, en concentrant tout le trafic sur cette portion du fleuve, s'en sortent encore. C'est nous qui faisons les frais de cette offensive, mais rira bien qui rira le dernier ! Nous ne serons pas les seules victimes. Dès que le chemin de fer aura atteint Nantes, terminé, pour eux comme pour nous. Remarquez, ce n'est pas parce que je sais que nous ne serons pas les seuls à trinquer que ça me met en joie pour autant.

– En attendant, on a encore du travail sur la planche ! Peut-être qu'avant longtemps, on aura tout le temps de rêvasser et de faire trempette pour le plaisir, mais pour l'heure, que ça nous plaise ou pas, à l'eau ! Fini de faignasser, vous autres !

10

Dès que *La Confiance* approcha des quais du port d'Orléans, Tourangeau sauta à terre. Il laissa au Rouquin le soin de s'occuper des manœuvres et de régler les formalités administratives. Lui fila, sans perdre de temps, chez le correspondant de l'épicier.

L'employé de maison qui le reçut indiqua que le maître était absent, mais qu'il allait rentrer incessamment. Tourangeau laissa un message à son intention.

Le Rouquin fut bien heureux de le voir de retour si vite. Il était en train de palabrer avec un représentant des autorités portuaires qui refusait l'amarrage. Il fallait s'inscrire dans l'ordre d'arrivée et attendre qu'une place soit libre. Chalands, gabares, sapinières avaient dû mouiller non loin de là, dans le lit du fleuve. Tourangeau négocia avec finesse, promit de ne rester qu'une demi-journée et fit glisser quelques pièces dans la main de l'homme, qui se trouva plus compréhensif et accorda une dérogation. Tourangeau engagea deux tâcherons qui traînaient sur le quai pour descendre les barils.

Il envoya le Rouquin acheter quelques provisions pour compléter le garde-manger. C'est à ce moment que se présenta le correspondant de l'épicier. Tourangeau lui remit le contrat qu'il avait signé avec son client, ainsi qu'une enveloppe cachetée dont celui-ci l'avait chargé. L'homme entreprit de vérifier la bonne exécution du contrat. Il semblait très méticuleux. Il établit un décompte des barils, vérifia qu'ils n'avaient pas été ouverts, sortit son oignon de son gousset, fit une mimique de satisfaction avant de serrer la main de Tourangeau.

– Félicitations, Monsieur, tout est parfaitement bien exécuté. Voici l'argent convenu pour le transport. Compte tenu de l'heure, la marchandise va pouvoir être acheminée, ce soir même, par le chemin de fer. C'est parfait! Selon les souhaits exprimés par mon client dans cette lettre, voici une gratification supplémentaire qu'il me demande de vous remettre. Cela me semble justifié. Voici ma carte. Si, quelque jour, vous êtes en peine d'un travail, venez me voir. Peut-être pourrais-je vous aider. Maintenant, je dois m'occuper de l'expédition. Au revoir !

Pour respecter les délais, Tourangeau et le Rouquin n'avaient pas ménagé leurs efforts. Ils avaient envie, maintenant que l'essentiel était accompli, de faire bombance. Mais il restait encore les pains de sucre qu'il fallait livrer à Blois. Les deux hommes s'étaient bien entendus. Ni l'un ni l'autre ne répugnaient au travail.

Tourangeau proposa :

– Allons tout de même boire un verre et manger une poularde avant de repartir. Nous l'avons bien mérité !

Puis, hélant un drôle :

– Viens un peu par ici. Surveille *La Confiance*, qu'il ne manque rien à bord à mon retour, et des pièces tinteront dans ta main !

La Confiance trouva à s'amarrer non loin de *La Cabotine*, déjà à quai depuis quatre jours. La Fouine était de mauvaise humeur. Le patron l'avait chargé de la surveillance de la marchandise, déjà empilée sur le quai. Le mandataire avait refusé de signer la décharge tant que la livraison ne serait pas complète.

Le patron de *La Cabotine* s'approcha de *La Confiance*, accompagné de deux tâcherons qu'il avait recrutés pour assurer le déchargement.

– Tourangeau, laisse-les faire, viens avec moi. Nous allons avertir le mandataire que, cette fois, il peut venir vérifier.

Tourangeau accepta, pas mécontent de se dégourdir un peu les jambes. Ils ne firent pas une longue promenade. En quelques enjambées, ils se retrouvèrent à la porte d'un estaminet. Tourangeau interrogea :

– Ne devions-nous point aller…

– Tout juste, mais son bureau est installé ici. Tu vas voir, l'homme ne manque pas de charme. C'est un bon vivant. Il fait croire à sa femme qu'il souffre des jambes et qu'ici il est plus près du port que de chez lui pour contrôler ses affaires. À la vérité, il a la paix, peut s'amuser, peut boire à son aise, sans entendre les jérémiades de son épouse.

L'homme était, paraît-il, toujours d'excellente humeur. En tout cas, ce jour-là, il l'était. Il était plongé dans la lecture du journal, et, à sa mine, on constatait que les nouvelles ne l'attristaient point.

Le patron de *La Cabotine* présenta Tourangeau et insista pour que le mandataire contrôle la livraison immédiatement.

– Messieurs, un peu de calme, la fouée est pâs seu l'pont ! Prenez donc le temps de vivre ! Ne soyez donc point si pressés de faire des affaires ! Savez-vous que dans certaines régions du monde, il faut des jours et des jours de palabres avant d'arrêter les termes d'un contrat ? Nous avons encore bien des progrès à accomplir pour nous rapprocher de cette philosophie. Pourtant, vous autres mariniers, n'êtes pas toujours si pressés !

– Nous ne sommes pas épargnés par les difficultés. Il faut du rendement qu'ils disent, comme si nous pouvions aller à un autre rythme que celui imprimé par le fleuve. Maintenant, on ne parle que de vitesse…

– Laissez donc faire ! Sont-ils plus riches pour autant ? Prenons d'abord un pichet ! J'étais à lire un article fort intéressant, je vais vous en faire profiter.

S'adressant à la salle d'une voix forte pour obtenir le silence :

– Écoutez, vous tous ! Ceci va vous amuser. L'auteur de cet article l'indique lui-même : *Lisez tout haut, pour que tout le monde entende.*

Dans le cabaret, les discussions particulières avaient cessé. Le mandataire était connu de tous.

Son personnage était apprécié. Il était un des principaux animateurs du lieu.

« Quelle est la plaie de la France ? L'impôt ? Non. Les schismes politiques ? Non. Abd-el-Kader ? Non. La bouderie britannique ? Non. Les mariages espagnols ? Non. L'inondation ? Non. La disette ? Non, non, non.

« Voilà, en effet, des maux qui nous menacent comme le nuage noir qui se balance sur nos têtes ; mais ce ne sont que des maux éventuels, précaires, naissants ou remédiables, tandis que celui que je signale a une portée bien autrement grave !

« D'abord, c'est plus qu'un mal, plus qu'une plaie, plus qu'une infortune, plus qu'un grand malheur, plus qu'un fléau… C'est un grand fléau… Nous ne savons plus rire !!! »

L'ambiance dans le cabaret semblait démentir cette information car les occupants ne se privaient pas de manifester leur joie, en écoutant et en observant le lecteur, dont le visage ne manquait pas d'expression.

« Or, les ris sont, pour le cœur, ce que la rosée matinale est pour la fleur ; privée de rosée, elle languit, se fane et meurt. Le cœur aussi.

« Écoutez bien mes paroles car elles valent de l'or. La société française est changée ? Jadis si folâtre, si rieuse, si légère, si expansive ; maintenant posée, sérieuse, froide, ennuyée, chagrine, l'œil morose, les lèvres collées l'une à l'autre, elle plonge autour d'elle un regard soucieux, s'avance mélancolique au sein des plaisirs, écoute en bâillant, regarde en fronçant les sourcils, en sort glacée.

« Sommes-nous des Anglais ? Où allons-nous de ce pas ? Je vous le dis : nous allons naufrager dans un océan de spleen. *Toujours des importations anglaises ! On s'habillait à l'anglaise, maintenant on se décontenance à l'anglaise, on se raidit à l'anglaise, on boude à l'anglaise, on se renfrogne à l'anglaise. C'est le grand ton.*

« Laissez à chaque pays son fruit, surtout quand ce fruit est amer. Laissez grimacer là-bas à l'anglaise ; mais vous, riez ici et riez à la française. »

Un auditeur ajouta en braillant :
– Buvons à la française !
Le lecteur s'arrêta un instant pour reprendre son souffle et se joindre à ceux, nombreux, qui levaient leur verre.

« Est-il sensé de rejeter une brillante parure de diamants pour se coiffer d'un blême et trivial bonnet

*de coton ? Est-il sensé d'abjurer ce rire folâtre et vivi-
fiant, qui fait tant de bien au cœur, pour cette torpeur
sombre et poignante qui voit des gouffres béants, des
tombeaux ouverts, des furies menaçantes et tout le
lamentable cortège de l'enfer, envahissant la terre ?
Non. Nous ne rions plus, dès lors, plus de plaisir, plus
de bonheur. Quelquefois, on rencontre bien encore
une lèvre solitaire qui frémit, se contracte, s'allonge
à gauche, ou se dilate à droite, mais elle ne rit pas,
elle se tord. C'est comme le mouvement pénible et
imparfait d'un membre blessé ; comme le pas raide
tremblant, inachevé d'une jambe qui resta longtemps
sous la chaîne ; c'est un effort stérile, un ris qui com-
mence à poindre, un avortement. Le véritable rire,
le rire large et fécond est effacé de nos mœurs. »*

Le lecteur fut interrompu :

– Dis donc, ton journaliste, il ne connaît pas
le rire du père Lavigne ! Faudra l'inviter à venir
ici. Il ne sera pas déçu !

*« Oui, ce grand siècle de progrès est trop grave :
il faut le dérider. Qui en est capable ? Moi. Vous
êtes donc un Dieu ? De quatre pieds et trois pouces.
Et vous voulez réformer le siècle ? Oui. Par quels
moyens ? Voilà la question vitale ! Je vous atten-
dais là. Cherchons d'abord les causes du mal. Il*

y en a trois principales : le tourbillon des affaires, qui emporte les esprits dans des régions orageuses et chargées de miasmes pestilentiels ; la politique exaltée et furibonde, déité nouvelle et malfaisante, qui voile la raison, tisonne le foyer des passions et darde comme un serpent caché au fond des cœurs ; et la littérature de ces temps, aux drames sombres, aux formes nues, arides, trop vraies, sans prestige, sans poésie, cette nourriture de l'âme. Voilà le mal, où est le remède ? Le remède, c'est le livre que j'ai fait uniquement pour mes lecteurs, c'est un poème burlesque intitulé : Nainthiers et ses compagnons ou Épisode de la révolution de Juillet.

« *Voici : le canon des trois journées a un peu toqué mes héros à la tête et au cœur. Ils tournent le dos à l'émeute, s'en vont guerroyer loin de Paris, font mille et une prouesses et reviennent en triomphateurs.*

« *Vous les verrez défiler sous vos yeux. Ils sont cent : Perrier, Barrot, Molé, Bugeaud, Madkan, Guizot, Cousin, Duchâtel, Montalivet, Lamartine, Broglie, Soult, etc., etc. sous les ordres du commandant suprême Thiers ou Nainthiers, nom de guerre.*

« *Tout est là. C'est l'encyclopédie de tous les rires, depuis Homère jusqu'à Gargantua ; une atmosphère incommensurable de folâtreries badines et innocentes ; un déluge de toutes les allégresses de ce monde et d'ailleurs ; un panorama infini de toutes les sensa-*

tions délirantes qui, par les yeux, passent à l'âme ; une lanterne magique dont les représentations sont aussi nombreuses que les étoiles, aussi variées que les fleurs des champs, et dont les verres rivalisent d'étendue avec le firmament. On rira beaucoup. La versification plane par-delà l'éloge le plus pompeux. Par modestie, je ne dis rien de la conduite de l'œuvre. C'est de la séduction !

« Le cœur se débat, là, dans un océan de douceurs, comme la mouche tombée dans un verre de lait. »

L'assistance applaudit à la fois l'auteur et le conteur. Malgré la caricature, les clients avaient reconnu la justesse du regard porté sur la société dans laquelle ils vivaient et dans laquelle ils se sentaient de moins en moins à l'aise.

— Mes amis, pour fêter cet auteur de talent qui distille bien des vérités, et pour maintenir notre bonne humeur, j'offre une tournée. N'en profitez pas pour me faire payer tous vos pichets ! (Faisant signe au cabaretier) Je compte sur ton honnêteté ! L'un de vous va-t-il prochainement à Tours ?

— Moi, répondit Tourangeau.

— Alors, je vais te charger d'une commission. J'ai bien envie de connaître la suite, tu vas souscrire pour moi. Je vais te rédiger un billet.

Tourangeau et le patron de *La Cabotine* s'impatientaient. Allait-on voir la marchandise avant la tombée de la nuit?

Tourangeau relança le mandataire. Sans enthousiasme, il se décida à accomplir son travail.

11

Tourangeau entreprit une descente jusqu'à Tours, en dilettante. *La Confiance*, vide de toute cargaison, était portée par un courant peu actif qui invitait à la flânerie.

Avant de quitter le port, Tourangeau avait profité de l'aide du Rouquin et de la Fouine pour dégréer *La Confiance*, voile et mât étant inutiles pour une descente.

Il s'apprêtait à faire un voyage d'agrément comme il aimait en faire, de temps à autre, l'esprit vide de toute préoccupation commerciale. Il appréciait ces moments de calme, de silence, où il pouvait se livrer à loisir à l'observation. Il connaissait tout de la Loire, de ses rivages, de ses îles, de ses grèves, de ses ports, de ses ponts… Il notait, dans sa mémoire, chaque changement.

Une grève un peu plus importante d'année en année ; un chenal secondaire qui prenait le pas sur le principal ; un autre de moins en moins entretenu où s'amoncelaient épaves et rebuts. Là, sur la levée, les jeunes noyers, plantés par son ami Julien, qui n'allaient pas tarder à donner leurs premiers fruits ; là-bas, un souvenir personnel de son apprentissage, son premier doigt écrasé contre l'arronsoir. Devant lui, à quelque deux cents mètres, le dernier saule sur l'île, point de repère de navigation, qui passait six mois de l'année les racines dans l'eau et ne semblait pas en souffrir. Un peu plus loin, il se remémorait la noyade d'un homme, dans une demi-toise d'eau, victime de son affolement. Pauvre bougre !

Il passa près d'un peuplier, couché en travers du chenal depuis deux saisons, et qu'aucune crue ne semblait vouloir emporter plus loin. Cet arbre n'aurait pas la chance de voir la mer et pourrirait non loin de la terre qui l'avait vu naître et se développer.

Sur les grèves découvertes depuis quelques semaines, les jeunes pousses vertes commençaient à poindre. Toute une végétation étouffée par les hautes eaux allait renaître, l'espace d'un printemps et d'un été, protégeant nichées de canards et couvées d'hirondelles de mer ou de rivage.

En observant la toue amarrée en face du barrage à saumons qui bouchait le lit du fleuve sur cent cinquante mètres environ, Tourangeau pensa : « La santé du père Lebon ne doit pas s'arranger ! Lui, pêcheur infatigable, s'il laisse sa toue sans entretien, c'est qu'il doit être au bout du rouleau… Quel âge peut-il bien avoir aujourd'hui ? Au soir de sa vie, en voilà un qui peut être satisfait. Il a réussi de fameuses prises. Un jour, d'un coup de carrelet, il avait attrapé pas moins de quarante-deux lamproies ! »

À l'abri de la végétation touffue qui poussait sur une rive éboulée, un martin-pêcheur se rassasiait. Quelle couleur éclatante ! Ce bleu si luisant ! Quel oiseau farouche, gracile ! Quel pêcheur acharné !

Non, décidément non, Tourangeau ne comprendrait jamais ceux si empressés de quitter tout cela, sans regret… N'était-ce pas un lieu privilégié ? N'était-ce pas nécessaire à l'équilibre de l'homme ? Des moments de détente, de contemplation comme ceux-ci suffisaient à effacer de la mémoire les stigmates d'un dur labeur, la crainte du danger, les affres de la douleur. L'homme ne devait pas être seulement un travailleur, il devait s'ouvrir à la beauté. Pour rien au monde, Tourangeau se serait privé d'un tel moment privilégié.

Les rives se reflétaient dans les eaux du fleuve. Bientôt, il aperçut, devant lui, le pont du chemin de fer de Montlouis. Pas de train à franchir le fleuve. Nul panache de fumée noire ne s'échappait d'une locomotive. Tourangeau pensa : « Comment les habitués du coche d'eau ont-ils pu s'amouracher de la locomotive ou du vapeur avec son inévitable nuage de puanteur ? » *La Confiance* abordait à peine le chenal que, déjà, Tourangeau avait reconnu Marie sur le quai, venue l'attendre.

– Comment as-tu deviné que j'allais arriver ?

– J'ai vu Matthieu hier au soir, il m'a dit t'avoir vu aborder Amboise alors qu'il en partait. J'ai pensé que tu n'allais pas tarder à rentrer. Ton voyage s'est-il bien passé ?

– Oui, j'ai même fait d'assez bonnes affaires. Cela compensera les mauvaises ! J'ai un cadeau pour toi.

Tourangeau pénétra dans la cabane. D'un casier, il extirpa un superbe pot à eau en faïence de Gien. Il l'offrit à Marie. Il l'avait acheté à un voiturier par eau, croisé sur le fleuve, qui faisait exclusivement le commerce de poteries et qui avait aménagé son embarcation de manière à naviguer sans provoquer de casse.

– Merci. Il est très beau. Puisque tu rentres tôt, j'ai envie d'inviter la famille à dîner. J'ai regagné la maison depuis quelques jours. Benjamin et Martin ont tout remis en état. Ce sera une façon de les remercier.

– D'accord, j'ai là, dans la nasse, quelques anguilles, emporte-les. Va devant, je te rejoins dès que j'ai fini sur *La Confiance.*

– J'ai encore une chose à te dire. Benjamin te parlera sûrement d'un projet. S'il te plaît, quoi qu'il dise, encourage-le et ne prends pas ton air renfrogné des mauvais jours !

– J'essaierai.

Durant le dîner, Tourangeau se montra d'excellente humeur. Autant la vie familiale lui aurait été difficile à supporter s'il avait dû la vivre en permanence, autant elle lui était agréable à petite dose. Lors des escales, il aimait les retrouvailles durant lesquelles ses proches lui contaient les événements qui s'étaient déroulés en son absence. Martin s'était chargé de cette tâche. Ensuite, chacun y ajouta son grain de sel. Tourangeau fit état des effets produits sur les lecteurs du *Journal d'Indre-et-Loire* des derniers articles publiés. Il raconta, avec force commentaires, le numéro du négociant. François précisa que les réactions à cette série étaient nombreuses. Ainsi, le dernier poème sur les tribulations d'un certain Monsieur de Lamartine avait suscité un très important courrier des lecteurs. Monsieur de Lamartine lui-même avait répondu à peu près ceci : « L'âge des vers est passé pour moi et je n'écoute plus les voix qui me les rappellent ; le cri du temps est plus fort sur mon âme… »

⌇

Depuis l'affaire de l'élagage, la plus grande confusion régnait dans la ville. Les coups de théâtre succédaient aux coups de théâtre. Le conseil municipal avait été dissous. En attente de nouvelles élections, le Roi avait nommé un conseiller en remplacement du maire. Loin de rétablir le calme, cette décision avait ravivé les déclarations et les pétitions. La campagne électorale avait été particulièrement vive. Maintenant, les habitants escomptaient une accalmie. Monsieur le préfet venait d'installer le nouveau conseil. Sa déclaration liminaire avait fait bonne impression. « Administrer au grand jour ; gouverner les affaires de la cité avec le conseil et non en dehors de lui, tel est le programme de la nouvelle administration municipale. » Il ne restait plus qu'à attendre l'épreuve du feu.

Les événements généraux ayant été suffisamment évoqués, la famille en vint à ses propres affaires.

Benjamin entama :

— Je dois avouer que ce travail sur le chantier du chemin de fer ne me convient pas. Ce n'est pas qu'il soit plus dur qu'un autre, c'est l'ambiance qui ne va pas. J'ai besoin d'être mon maître. J'ai songé à toutes sortes de choses. Je crois que j'ai trouvé celle qui peut me convenir. J'ai un projet. Enfin, c'est plus qu'un projet, j'ai déjà accompli les démarches pour obtenir les autorisations nécessaires.

Tourangeau semblait le seul surpris par l'assurance de Benjamin. D'un coup d'œil, il fit le tour de la table.

— Si je comprends bien, vous êtes tous dans la confidence, peut-être même de connivence avec lui. Je vois, quand je ne suis pas là, vous en profitez pour intriguer ! Bon, alors, quel est ton projet ?

— Je vais ouvrir un établissement de bains dans la Loire. Le maire a donné son accord. Il sera installé sur l'île Aucard, à son extrémité sud-ouest. Martin m'a aidé à en faire les plans. D'après nos prévisions, il offrira toute sécurité.

Le bassin sera formé de bateaux solidement attachés et liés entre eux. Ce rectangle ainsi formé sera garni de toiles de tous côtés, de sorte qu'on ne puisse voir les baigneurs de la ville.

C'est une exigence des autorités. De plus, les baigneurs devront être obligatoirement vêtus de caleçon.

Voilà pour l'essentiel, tu vois, il n'y a rien de très compliqué. Sauf peut-être les caleçons, mais les femmes s'en occupent.

– Comment ça ? interrogea Tourangeau.

Angèle expliqua :

– François nous a ramené un modèle de Paris. Nous en avons taillé de semblables…

François lui coupa la parole :

– Une seule question demeure.

– Ah oui, laquelle ?

– Nous ne savons pas encore si la poissonnière, la mère Joséphine, viendra se baigner. Nous n'avons pas de maillot à sa taille…

– C'est malin ! Mais le bassin, comment vas-tu le construire ? questionna Tourangeau.

C'est Martin, en tant que technicien, qui apporta la réponse :

– Le long des bateaux, des planches seront clouées. Elles pénétreront dans l'eau jusqu'au radier. Des cordes seront tendues de distance en distance. Elles surnageront au moyen de liège, de manière à pouvoir être saisies par les nageurs. Une autre corde, qu'on distinguera des autres par la couleur, formera la ligne de démarcation entre la partie profonde de l'école de natation et celle où l'on aura pied.

Tourangeau s'adressa à Benjamin.

– Et tu comptes faire cela tout seul ? Il ne suffit pas de construire !

– Évidemment non. C'est pourquoi je t'en parle. Pour la surveillance du bassin et les leçons de natation, j'ai déjà contacté Baujeu qui naviguait avec toi, autrefois. Cet été, les vapeurs seront au chômage. Il sera libre. Il est d'accord pour s'associer. C'est un sacré nageur. Avec lui, pas de risques !

– Tu peux compter sur lui. C'est un garçon sérieux. Mais pour le reste ?

– J'ai besoin de ton aide. Toi et moi, nous pouvons réaliser le bassin. Le point délicat, c'est l'achat des embarcations qui assureront l'ossature du bassin. Tu es le mieux placé pour les choisir et en obtenir le meilleur prix. Ensuite, une fois l'établissement prêt à fonctionner, tu pourras t'occuper de vendre les billets et assurer le passage du quai à l'île. Bien sûr, si tu es d'accord…

– Tu as une idée de ce que va coûter un tel projet ? As-tu une assurance de gains, au moins ?

– Pour financer la construction du bassin, nous allons emprunter. Du reste, de nombreuses embarcations ne trouvent pas preneurs, nous devrions pouvoir en acheter à bas prix. Nous sommes assurés de faire des recettes. Le conseil municipal a autorisé la création d'un établissement de bains pour éviter les noyades qui ont lieu chaque été. Il a affirmé que pour favoriser la fréquentation de cet établissement, la baignade serait interdite en dehors du bassin, sur tout le territoire de la commune. C'est bien le diable si nous ne couvrons pas les frais !

– La réclame sera essentielle, ajouta François. Il faut faire connaître ce nouvel établissement. Voici le texte que j'ai rédigé et qui paraîtra, chaque jour, dans le journal, jusqu'à l'ouverture. Je me fais fort de vous obtenir un prix.

– D'abord, le titre, en gros caractères, sur deux colonnes :

BAINS EN RIVIÈRE DE LOIRE

Ensuite, un peu plus petit, mais néanmoins dans un caractère supérieur au caractère habituel. Il faut que le lecteur distingue ce texte des autres :

« L'école provisoire de natation, qui vient d'être autorisée par Monsieur le maire, sera ouverte aux baigneurs à partir du 9 juin, tous les jours, de 5 heures du matin à 9 heures du soir. Cet établis-

sement, situé le long de l'île Aucard entre les deux ponts, surveillé par des maîtres nageurs habiles, offre toutes les garanties de sécurité.

« Prix d'entrée : 1ʳᵉˢ places : 60 cents ; 2ᵉ : 35 cents. Caleçon et passage compris.

« Le lieu d'embarcation est Foire-le-Roi. Leçons de natation.

– Ai-je bien entendu ? s'exclama Tourangeau. Tu as dit : ouverture le 9 juin ?

– Oui, c'est exact.

– Cela ne nous laisse que trois semaines. Benjamin, dès demain matin, il importe de se mettre au travail si nous voulons ouvrir à l'heure ! Ce n'est pas le moment de rester les deux pieds dans le même sabot !

12

L'établissement de bains fut convenablement fréquenté. Il connut même des journées de grande affluence. Les maîtres nageurs, Benjamin et Baujeu, dispensèrent de nombreuses leçons de natation dont ils retirèrent certes des gains, mais aussi un grand prestige. Quelle satisfaction lorsqu'au bord du bassin, l'un d'eux surprenait la confidence d'une jeune élève à quelque amie : « C'est mon professeur ! ».

Pour l'enseignement, ils avaient conçu un ingénieux système, une sorte de potence, fixée au bord du bassin, à environ un mètre cinquante au-dessus de l'eau, et qui pouvait pivoter à cent quatre-vingts degrés. Angèle fut une des premières à l'expérimenter. Elle fut appliquée, quoiqu'un peu effarouchée par la méthode pédagogique de Benjamin et Baujeu qui visait à une familiarisation progressive au milieu aquatique. Comme les autres élèves, elle reçut les premières leçons au sol. Assise sur la terre ferme, elle répéta inlassablement les quatre temps qui constituent la base de l'apprentissage de la brasse. Premier temps : bras et jambes tendus, je ramène les bras en croix ; deuxième temps : je plie bras et jambes, les mains sous le menton, les genoux écartés, les chevilles serrées ; troisième temps : je déploie et propulse mes bras et mes jambes, mains toujours serrées, bras tendus, jambes écartées et tendues ; quatrième temps : je referme les jambes.

Une fois les mouvements assimilés, le temps de la pratique dans l'eau vint. Angèle fut sanglée dans une ceinture de cuir d'une main de largeur dans laquelle était fixé un anneau de métal qu'on orientait dans le dos de l'élève. De la potence pendait une corde, jusque dans l'eau, à l'extrémité de laquelle était fixé un mousqueton.

Le maître nageur engagea le mousqueton dans l'anneau et invita Angèle à pénétrer dans l'eau. Il régla soigneusement la longueur de la corde de telle façon que son élève ne fut ni trop enfoncée dans l'eau ni trop hors de l'eau. L'apprentissage reprit, ponctué de « 1 et 2 et 3 et 4 ; 1 et 2 et 3 et 4... »

De temps en temps, Angèle piquait du nez. Benjamin lui relevait le menton, la laissait reprendre son souffle et, éducateur implacable, recommençait : « 1 et 2 et 3 et 4 ; 1 et 2 et 3 et 4… »

Après quelques tasses, Angèle se crispa et se tint quasiment à la verticale. Benjamin la réprimanda. Elle ne ferait aucun progrès ainsi et n'apprendrait jamais à flotter.

Quand elle fut plus assurée, elle arriva, en trois brasses, à faire effectuer une rotation de cent quatre-vingts degrés à la potence. Elle redoubla d'ardeur. Le désir d'apprendre surpassait l'appréhension de l'eau.

Un jour, Benjamin voulut constater la flottabilité réelle de son élève et, sournoisement, il donna du mou à la corde. Le résultat fut probant. La nageuse s'enfonça, cessa bientôt tout mouvement coordonné, but abondamment, se débattit avec force, faisant montre d'un indéniable instinct de survie. Benjamin mit promptement fin à l'expérience. Il tira avec vigueur sur la corde. Angèle passa successivement de l'état de sous-marin à celui d'aéronef. Elle n'apprécia pas l'exploit. Elle menaça Benjamin d'interrompre sur-le-champ tout apprentissage, ce qui aurait pu être du plus mauvais effet quant à la réputation de la jeune école. Il eut beau arguer qu'un nageur devait apprendre à boire pour être mieux armé en cas de difficulté, elle refusa obstinément d'admettre son point de vue et de reprendre la leçon.

Baujeu débrouilla fort heureusement la situation. Puisque l'élève n'avait plus confiance dans son professeur, il estima qu'il convenait d'en changer. Elle accepta cette alternative et termina son apprentissage sous la directive de Baujeu.

Enfin, le grand jour arriva, celui où les élèves, maîtrisant suffisamment l'art de la natation, allaient entreprendre la traversée du bassin dans sa longueur. C'était une sorte d'examen final qui concluait l'apprentissage et donnait droit au titre de nageur. Pour acquérir celui de plongeur, il était nécessaire de poursuivre les leçons, l'art du plongeon faisant l'objet d'un enseignement bien distinct de celui de la natation.

Sur la liste, Angèle figurait en cinquième position. Sous des prétextes divers, elle passa son tour. Sur les douze élèves qui l'avaient précédée, seuls huit étaient venus à bout de la difficulté. C'était un pourcentage fort honorable pour les professeurs.

Angèle, le buste dans l'eau, hésitait toujours à lâcher le bord du bassin où elle se cramponnait avec détermination. Toute la famille était là et lui prodiguait des encouragements. Les professeurs commençaient à montrer quelque impatience. Ainsi qu'un désespéré, elle se lança, comptant mentalement, « 1-2-3-4 », la bouche soigneusement close, le regard désemparé, avançant en direction de Baujeu qui se tenait deux brasses en avant d'elle, prêt à la secourir. Elle maîtrisa les cinq premières brasses jusqu'à ce qu'elle eût de l'eau dans les yeux. Elle piqua en entamant la sixième, refit surface sans comprendre, bredouilla un mouvement pour reprendre son périple, sembla se ressaisir l'espace de la septième, de la huitième, assura avec un certain style la neuvième, esquissa la dixième, coula à la onzième, exécuta la douzième sous l'eau, ressurgit le temps d'une aspiration et empoigna le bord du bassin sous les applaudissements admiratifs de la famille et des spectateurs. Baujeu fit remarquer qu'il n'avait pas eu à intervenir. Elle était victorieuse. Elle avait conscience d'avoir repoussé ses limites. Elle savait enfin nager ! L'opiniâtreté était récompensée. Elle en retira une vive satisfaction.

Avec la fin de l'été, les baigneurs se firent moins nombreux. L'établissement de bains ferma. Le bilan était positif. Chacun était satisfait. Benjamin put rembourser le prêt. Les gains, tous frais déduits, furent partagés entre les trois hommes. Pour remercier les membres de la famille de leurs encouragements et de leur aide, les trois associés offrirent un dîner dans le nouvel établissement ouvert sur le boulevard Heurteloup, le Grand Hôtel de Bordeaux.

Le niveau des eaux de la Loire s'accrut. Les vapeurs reprirent leur trafic. Baujeu regagna son poste. Tourangeau retrouva ses habitudes sur *La Confiance*. Benjamin fit quelques courses avec lui en attendant de trouver une nouvelle occupation. L'été, passé ensemble, avait réconcilié le père et le fils.

Manolo, dont on était sans nouvelles, fit sa réapparition. Après être resté quelque temps à Tours, où il avait fait connaissance avec des Icariens, il avait poussé jusqu'à la capitale, espérant rencontrer Cabet, grand instigateur des départs pour l'Icarie. Il n'avait pu le voir, mais c'était partie remise. Il comptait être au nombre des voyageurs du convoi de l'été prochain. Il avait encore le temps de se préparer.

13

François entra dans les locaux du journal de bien méchante humeur. Ferdinand s'inquiéta des raisons de cette nervosité.

– J'arrive de la mairie. Une fois de plus, personne n'est en mesure de nous fournir le compte rendu du conseil municipal. C'est vraiment scandaleux. Cette fois, je ne diffère plus mon article. Je vais dire ce que je pense de cette nouvelle administration. Laisse-moi une demi-heure et tu vas voir… »

– Ferdinand, écoute ceci :

« *La publication par* Le Journal d'Indre-et-Loire *du compte rendu des séances du conseil municipal paraît devoir subir désormais des retards dont le public, qui en souffrira, et le conseil municipal,* qui devra les faire cesser, ont besoin de connaître les causes.

« *Depuis dix ans,* Le Journal d'Indre-et-Loire *publie une relation quasi officielle des séances du conseil municipal. Les choses se passaient d'une manière fort simple. Secrétaire officieux du conseil, Monsieur le secrétaire de mairie était chargé de communiquer aux journaux de la localité l'analyse des procès-verbaux des séances, qu'il rédigeait le lendemain même de chaque réunion. Cet état de choses, qui conciliait assez bien les intérêts, paraît être devenu tout à coup impossible, depuis l'avènement de la nouvelle administration : les occupations de Monsieur le secrétaire de mairie ne lui permettent plus de nous fournir, au moins immédiatement et régulièrement, les comptes rendus des séances. Chacun comprendra qu'une pareille situation ne saurait se prolonger sans préjudicier à tout le monde et notamment au public, aux contribuables. Le public n'a pas seulement un intérêt de curiosité à connaître ce qui se fait au conseil municipal, il y a intérêt direct et positif. Supposez, en effet, que le conseil soit saisi d'une de ces questions qui s'élèvent, se discutent, se résolvent pendant la durée d'une session, questions dans lesquelles des citoyens peuvent avoir besoin d'intervenir pour défendre leurs droits, pour éclairer l'autorité communale ; sans une publicité immédiate donnée aux procès-verbaux de ses séances, le conseil pourra donc la trancher à huis clos, à l'insu de tout le monde, sans qu'une voix puisse s'élever pour faire entendre un avis ou une protestation.*

Il ne faut pas s'y tromper ; nous avons beau avoir un système électif et représentatif, les bienfaits de ce régime disparaissent si la publicité manque aux actes des mandataires du pays. Sans publicité, pas de contrôle de l'électeur à l'égard de l'élu, pas de contrôle de l'opinion publique sur les assemblées délibérantes. Où nous conduiraient, je vous le demande, les assemblées délibérantes si elles venaient à être protégées par l'irresponsabilité résultant du huis clos ?

« Mais les retards mis à la publication des séances du conseil municipal ne sont pas seulement contraires à l'esprit de nos institutions, ils sont encore positivement contraires au texte de la loi. Quand l'article 25 de la loi du 21 mars 1831 déclare : "il ne pourra être refusé à aucun citoyen, contribuable de la commune, communication, sans déplacement, des délibérations du conseil municipal", croyez-vous satisfaire à cette disposition formelle en retardant pendant des mois entiers, cette communication que vous ne pouvez refuser ? Croyez-vous que la loi n'ait voulu donner aux citoyens que le droit illusoire d'aller après coup contempler, reproduites en lettres moulées, des délibérations définitives et irrévocables ? Non, certes, la

loi a voulu donner aux contribuables un droit sérieux et utile : ce droit, c'est de pouvoir toujours connaître, pour les combattre ou les appuyer, les propositions soumises à l'assemblée communale ; c'est, en un mot, non seulement le droit de se rendre compte des chefs-d'œuvre de leurs mandataires, mais aussi, soit dit sans allusion, celui de prévenir leurs bévues.

« Il faut être juste : on ne nous conteste pas l'utilité, mais bien la possibilité de la publication immédiate des comptes rendus. La loi de 1831, article 24, est formelle : "Les fonctions du secrétaire du conseil, dit-elle, sont remplies par un de ses membres, nommé au scrutin et à la majorité, à l'ouverture de chaque session."

« Pourquoi cette prescription ? Parce que le secrétaire du conseil doit être l'homme du conseil, non l'homme de l'administration. Qu'est-ce que doit être le secrétaire de mairie ? L'homme de l'administration, non l'homme du conseil. C'est donc précisément le contre-pied de la loi que vous avez pris...

– Alors, qu'en penses-tu ?

– Ma foi, c'est bien argumenté. Ta demande est claire : que l'on respecte la loi. Ils peuvent difficilement te contrer sur ce terrain.

– J'ajouterais bien un rappel de la déclaration d'intention qu'ils avaient formulée, lors de la mise en place du conseil. Tu te souviens : « Administrer au grand jour… Tel est le programme de la nouvelle administration municipale ! »

– Pourquoi pas ? Il est temps pour eux de réaliser que l'époque des journalistes qui n'écrivaient que des panégyriques à la gloire de la municipalité est révolue.

– Avec moi, ils n'ont pas lieu d'espérer une telle attitude. Ma conception du journalisme est tout autre. Le journaliste doit faire preuve d'esprit critique, doit rechercher les informations et les diffuser toutes, si elles ont une valeur générale. Finis les articles dithyrambiques systématiques ! Le rôle du journaliste est de rappeler les véritables enjeux en utilisant des arguments indiscutables, en effectuant des enquêtes sérieuses.

– Moi, j'avoue que je ne déteste pas un brin de polémique. J'aime bien que les esprits s'échauffent quelque peu…

– La polémique est bien souvent affectée de mauvaise foi !

– Si tu veux mon avis, ta conception du métier ne va pas convenir à tout le monde, moi ça n'est pas pour me déplaire ! Je ne m'étais pas aperçu que nous ronronnions ici…

Ferdinand s'éloigna en chantonnant :

« Un petit brin de fantaisie… Pardi
Un petit brin de fantaisie… Vive la vie ! »

14

24 février 1848
Gare de Tours – Train du soir, en provenance
de Paris.

À PEINE LES VOYAGEURS FURENT-ILS descendus du train que la nouvelle se propagea. Bientôt, elle déborda les contours de l'embarcadère, gagna les alentours, se répandit dans les rues principales sur le passage des voyageurs, telle une coulée volcanique.

Très vite, dans la rue Royale, aux abords de l'hôtel de ville, de la préfecture, là où se tiennent les centres d'information et de décision, des groupes se formèrent, cherchant à en savoir plus. L'administration municipale, malgré l'heure tardive, resta en place. Le conseil municipal, bien qu'incomplet, s'assembla en hâte.

Dans la ville, aucun désordre, aucune agitation, une impression diffuse d'impatience, une attente imprécise… Ici et là, des commentaires circulaient à partir des seules indications formulées par les voyageurs.

« Paris est à feu et à sang… »

« À Paris, la situation est tout à fait normale… »

« Des troubles violents ont éclaté… »

« La garde nationale a refusé d'intervenir contre le peuple… »

« Il y a des blessés… des morts… »

« C'est la révolution !… C'est la République !… »

« Le roi et sa famille ont quitté Paris. »

« Un gouvernement provisoire a pris le pouvoir. »

« Le peuple est dans la rue… »

Pour certains, cette effervescence était injustifiée, pour d'autres une réaction était nécessaire, vitale… Certains rentrèrent chez eux tout bonnement se coucher. D'autres attendirent, sans savoir quoi au juste.

Vers trois heures du matin, les badauds, encore là, apprirent que le maire venait de faire une déclaration devant le conseil et les quelques autorités qu'il avait convoquées. Le lieutenant général d'Ornano, le président du tribunal étaient là.

– Après la révolution qui vient de s'accomplir à Paris, je ne crois pas devoir conserver mes fonctions de maire et je vous laisse le soin d'administrer la commune…

Les membres présents décidèrent de constituer une commission provisoire, qui siégerait en permanence, jusqu'à ce que des instructions parviennent. Ils rédigèrent une proclamation à l'intention des habitants, devenus des citoyens. Ce fut le premier acte de la révolution.

« Citoyens de la ville de Tours et du département d'Indre-et-Loire, une révolution vient de mettre le pouvoir entre les mains des hommes de la démocratie. Louis-Philippe et toute sa famille ont quitté Paris. Un gouvernement provisoire est installé dans la capitale. Il est composé de : Messieurs Arago, Dupont (de l'Eure), Lamartine, Marie, Marast, Ledru-Rollin, Blanc, Flocon, Ollivier.

Ce matin, à trois heures, l'autorité préfectorale et l'autorité municipale, dans notre cité, avaient résigné leurs pouvoirs. »

Ce fut le seul événement de la nuit.

25 février 1848

Les habitants se réveillèrent comme à l'habitude et vaquèrent à leurs occupations, comme si rien ne s'était produit. Seules la commission provisoire et la presse semblaient soucieuses des développements parisiens.

À huit heures, une dépêche télégraphique parvient à l'hôtel de ville, indiquant la composition du gouvernement provisoire :

– Président : Monsieur Dupont.
– Ministre de la Marine : Monsieur Arago.
– Ministre des Affaires étrangères : Monsieur de Lamartine.
– Ministre de la Justice : Monsieur Crémieux.
– Ministre de la Guerre : Monsieur Bédeau.
– Ministre de l'Intérieur : Monsieur Ledru-Rollin.
– Ministre du Commerce : Monsieur Marie.
– Maire de Paris : Monsieur Garnier-Pagès.

Cette dépêche n'appela pas de commentaires.

À dix heures, deux nouveaux documents parvinrent. Le premier provenait du ministre de l'Intérieur. Il s'adressait aux préfets et sous-préfets :

« Le gouvernement républicain est constitué. La nation va être appelée à lui donner sa sanction. Vous

avez à prendre immédiatement toutes les mesures nécessaires pour assurer au gouvernement le concours de la population et la tranquillité publique. Entretenez le gouvernement dans les plus brefs délais de l'état de l'opinion et faites-lui part des dispositions que vous aurez prises. »

Que dire du sentiment de la population ? Pas de mouvements d'humeur, pas de signes d'hostilité, pas d'explosions de joie, l'expectative, le calme, l'indifférence peut-être…

Prudemment, on décida de répondre en choisissant une formule sibylline : le calme règne…

Le second document provenait du délégué du gouvernement provisoire près du ministre de l'Intérieur :

« Faites immédiatement mettre en liberté les citoyens détenus politiques, en ce moment à l'hôpital de Tours ou ailleurs, dans la circonscription de votre département. Faites remettre sur place cent francs à chaque détenu mis en liberté ! »

Les autorités concernées firent rapidement le recensement des détenus politiques. Un seul était consigné sur le registre de l'hospice. Il fut remis en liberté immédiatement.

Au journal, toute la rédaction était sur le pied de guerre. On guettait l'arrivée de chaque dépêche. Une copie, dès réception, était envoyée à l'imprimerie pour publication. Plus que jamais, il fallait informer les lecteurs. Il fut décidé qu'en raison des événements graves, et jusqu'à ce que la marche des affaires ait repris son cours normal, le journal paraîtrait tous les jours, même le dimanche.

De toutes les communes du département parvinrent des notes indiquant que les maires se soumettaient au gouvernement provisoire.

Ces dépêches étaient les seuls signes du changement. La vie quotidienne n'était en rien affectée. Les journalistes eurent beau tendre l'oreille, écarquiller les yeux, tailler leurs crayons, il ne se passa rien d'autre de notable. La représentation théâtrale *Riche et pauvre* prévue le soir même eut lieu normalement. Toutefois, les autorités décidèrent d'annuler *La nuit vénitienne* prévue pour le 2 mars, et d'organiser à la place un bal national, histoire d'être dans le ton.

Le 4 avril, la commission provisoire planta un arbre de la Liberté, puis tout le monde attendit les élections des 23 et 24 avril.

La Touraine vécut ainsi la révolution.

〜

Autour de Tourangeau, on n'avait pas fait preuve d'un enthousiasme délirant non plus. La majorité de la famille restait dans l'expectative. Tourangeau avait connu, dans le passé, d'autres événements qui n'avaient somme toute guère modifié sa vie quotidienne. Il était prêt à soutenir un gouvernement issu du peuple mais sans se faire trop d'illusions sur les changements qu'il pourrait véritablement mettre en œuvre. N'allait-on pas, une nouvelle fois, se faire gruger ? De la province, on ne comprenait pas toujours les actes parisiens. Les préoccupations journalières étaient bien différentes.

∿

Si la famille était perplexe, François et Manolo étaient des partisans enthousiastes, pas forcément pour les mêmes raisons, du reste. Si le principe d'un changement était approuvé bien vite il apparut que les désaccords ne manquaient pas sur le contenu et les moyens.

Manolo voyait déjà son rêve d'une communauté réalisé. Il ne songeait plus à partir. Il voulait vivre là et participer activement à la naissance d'une nouvelle société. Dans son raisonnement, il omettait de mentionner que le gouvernement, pour sa part, affichait des objectifs beaucoup plus modérés.

La seule décision qui faisait l'unanimité, c'était la mise en place du suffrage universel. Encore que, disait Manolo, il faudrait que tous les candidats aient le droit et la possibilité de faire campagne à égalité, en toute liberté. Il trouvait qu'on cherchait querelle à tout bout de champ aux communistes. François répliquait qu'ils étaient excessifs, irréalistes, qu'ils insistaient pour imposer leur point de vue, qu'ils s'appropriaient l'exclusivité de valeurs qui appartenaient à tous les humanistes.

Heureusement pour l'équilibre familial, pris l'un et l'autre par leurs occupations, ils se rencontraient peu.

Tourangeau était confortablement installé sur un tas de ballots de marchandises, déposés à même le quai. Il lisait tranquillement le compte rendu de la première journée d'élections. Il avait différé un voyage, comme l'ensemble de ses collègues, pour aller voter.

25 avril 1848

« *À Tours, les opérations électorales ont commencé hier matin, à sept heures, et au moment où nous écrivons ces lignes, plus des deux tiers des électeurs* ont déposé leurs bulletins. Tout s'est fait avec un ordre admirable et dans le calme le plus parfait. Les citoyens, étant instruits, au moyen de placards affichés et insérés dans les journaux, de l'heure à laquelle ils doivent se présenter dans leurs différentes sections, s'y rendent successivement, de sorte qu'il n'y a ni encombrement, ni embarras.

Plusieurs communes des environs, appartenant aux cantons de Tours Sud et Tours Nord, sont venues voter en masse. On a vu ces braves habitants de la campagne traverser notre ville dans le plus grand ordre et avec une sorte de recueillement, qui montrait à quel point ils comprenaient la portée du grand acte qu'ils allaient accomplir.

Tous, avant de quitter leurs communes, avaient mûri leurs suffrages. Aussi recevaient-ils, avec un sourire ironique, ou même repoussaient-ils, avec une sorte de dédain, les nombreux bulletins que d'officieux courtiers d'élections s'empressaient de leur offrir à chaque pas.

Ils semblaient leur dire, avec cet air narquois et défiant qu'on rencontre souvent chez nos paysans tourangeaux : "Merci, Messieurs, gardez pour vous vos listes ; nous n'en avons pas besoin. Pensez-vous que nous soyons venus ici sans avoir fixé nos choix ?"

Jamais, en effet, le peuple, le vrai peuple ne s'est montré plus calme, plus digne, plus modéré. Nous ignorons quel sera le résultat des élections ; mais si nous en jugeons par ce qui se passe au milieu de nous et par les nouvelles qui nous arrivent de Paris et des départements que traverse la ligne de chemin de fer, ce résultat ne peut manquer d'être bon. Parce que les suffrages, libres de toutes entraves, nous donneront l'expression réelle de la volonté de la Nation. Parce que devant cette solennelle manifestation du seul, du véritable souverain, tous les partis courberont la tête et se soumettront. Car qui oserait s'opposer à la volonté de la France, exprimée dans toute sa force et sa liberté ?

« On a dit que si le choix des électeurs des départements contrariait certaines opinions exagérées, ces représentants n'arriveraient pas à l'assemblée ; menaces sacrilèges auxquelles Paris a répondu dans les journées des 16, 18 et 20.

« On dit même qu'à Tours, lors du dépouillement du scrutin, certaines gens, si les élections ne sont pas à leur goût… Mais nous nous arrêtons, pour ne pas répéter les bruits absurdes qui circulent et ne pas faire de nos colonnes l'écho de commérages ridicules.

« Non, que le pays se rassure, le dépouillement du scrutin se fera avec autant d'ordre et de calme que les élections mêmes. La garde nationale et l'autorité veilleront à ce que le premier acte que le peuple aura fait de sa souveraineté, reçoive son entier accomplissement. »

Tandis qu'il était occupé à lire le journal, quelques collègues de Tourangeau s'étaient approchés de lui :

– Alors, quelles sont les nouvelles ?

– Il paraît que certains seraient prêts à mettre en cause le résultat du scrutin s'il ne leur convient pas.

– Manquerait plus que ça !

– Pour une fois qu'on a son mot à dire !

– Qu'ils ne s'imaginent pas que nous allons les laisser faire !

– Tourangeau, qu'en penses-tu ? Va-t-on enfin reconnaître aux mariniers le droit d'exercer leur métier ?

– Va-t-on arrêter ce fichu chemin de fer ?

– Et le port que nous réclamons depuis des années, va-t-on enfin l'aménager ? Pour construire la gare du chemin de fer, il n'y a pas eu autant de tergiversations !

– Il faut dire que tous ces beaux messieurs ont des intérêts dans cette affaire !

– Alors, Tourangeau, ton avis ?

– Je ne suis pas devin.

– Tu as bien une idée.

– Le suffrage universel, c'est pour nous une vraie chance.

– Si nous voulons que nos élus se fassent entendre, il faut que nous soyons tous derrière eux.

– S'ils nous défendent véritablement, nous serons là !

– Tous là !

– Pour combien de temps ? Les uns vont en bise, les autres en galarne.

– Tu n'as pas tort. Nous, nous voulons continuer à vivre sur nos gabares, d'autres veulent le chemin de fer partout, vite !

– Les commerçants se moquent bien de savoir comment arrivent les marchandises, du moment qu'ils les vendent. C'est chacun pour soi.

– Raison de plus pour serrer les rangs. Si nous faisions bloc face à la Compagnie du chemin de fer, elle saurait que nous sommes déterminés, elle y regarderait peut-être à deux fois.

– Que veux-tu faire, face à l'argent, face aux actionnaires ?

– Nos élus arriveront peut-être à obtenir des conditions pour rétablir des règles équitables au commerce. Nous avons bien le droit de vivre !

– Attendons avant de nous prononcer, donnons-leur une chance.

– En tout cas, ne faisons rien qui puisse les gêner. C'est bien assez difficile comme ça. Nous verrons bien si une voix en vaut une autre !

15

Jeanne, Marie, Angèle étaient des femmes admirables, estimées unanimement, dont on vantait les mérites sans flatterie. Elles étaient appréciées de tous. Fils, mari n'étaient pas les moindres de leurs admirateurs. Elles jouaient un rôle discret, mais néanmoins très efficace, au sein de la communauté familiale. Quand l'un d'eux éprouvait quelque difficulté, elles savaient trouver les mots justes pour le réconforter. Elles proposaient des solutions, qui se révélaient souvent propres à le sortir d'un mauvais pas. Elles étaient attentives à leur entourage. Elles devinaient les joies, comme les peines, même lorsque celles-ci n'étaient pas clairement exprimées et restaient pudiquement conservées dans le cœur de l'inté-ressé. Elles savaient percer un secret à de petits signes ; une pupille un peu trop dilatée, une lèvre pincée, une ride anormalement creusée étaient immédiatement analysées. Elles excellaient dans l'organisation de petites fêtes, qui resserraient les liens familiaux. Elles savaient mettre en évidence les qualités de chacun. Elles étaient habiles à gommer les défauts de caractère, les humeurs, les travers…

Jeanne et Marie étaient très attachées l'une à l'autre. Aucune querelle ne les avait jamais opposées. Les temps étaient moins rudes pour elles. Elles auraient pu se contenter d'une activité modeste exercée en toute sérénité. Au lieu de cela, elles recherchaient en permanence à améliorer leur situation. « Ne pas se reposer sur ses lauriers » était une de leurs réflexions favorites. Elles étaient attentives au bruissement de la vie autour d'elles. Elles observaient avec une acuité aiguë les changements qui s'opéraient. Elles n'avaient pas été longues à comprendre que si aujourd'hui, pour l'essentiel, leur clientèle était attachée à la tradition, elle ne tarderait pas à rejoindre les femmes attirées par l'attrait de la nouveauté. La liaison rapide avec la capitale par le chemin de fer bouleversait les règles ancestrales du commerce. Pas seulement chez les mariniers !

La province voulait désormais s'habiller, manger, vivre, orner sa maison comme dans les meilleures familles parisiennes.

Dans la ville elle-même, les plus anciennes maisons de commerce avaient beau tenter de s'opposer à l'extension des nouveaux quartiers, il était évident que les entraves provisoires ne suffiraient à enrayer cette hémorragie. De nouveaux lieux d'animation se créaient ; de nouvelles enseignes commerciales naissaient.

L'activité commerciale se déplace ? Déplaçons-nous, avaient-elles répondu ! Les goûts changent ? Suivons-les, précédons-les, créons-les, avaient-elles entonné !

Déjà, elles étaient en quête d'un nouvel emplacement commercial, confiant à leur notaire le soin de dénicher ce qu'elles avaient décrit comme le lieu idéal. Le notaire avait résumé, pour lui-même, leur exposé détaillé en une formule : « Un bon immeuble avec un magasin. » Assurément, il n'avait rien compris. Chaque fois qu'il venait rendre compte de ses recherches, elles écartaient ses offres. Cet immeuble était beaucoup trop petit. Cet autre était mal commode à aménager. Celui-là était difficile d'accès. Celui-ci était beaucoup trop cher compte tenu de son état. Cet autre ne possédait pas de réserves. Comment stocker de la marchandise dans ces conditions ? Cette boutique avait un certain cachet, elle aurait pu être parfaite, mais combien de passants se risqueraient jusqu'ici ! Là, on était sûr d'une chose, ne pas réaliser d'affaires. Autant demeurer rue Colbert, les clients avaient leurs habitudes. Ce dernier magasin proposé était convenablement situé mais son exploitant actuel avait une réputation détestable. Il faudrait des années d'effort pour rétablir une image de marque acceptable.

Le notaire finit par perdre son sang-froid. Lui qui avait imaginé régler l'affaire en quelques jours, il gâchait son temps depuis deux mois. Ces dames étaient impossibles à satisfaire. Savaient-elles au moins ce qu'elles voulaient ? Plus elles s'expliquaient, plus elles précisaient, plus elles nuançaient leurs propos, moins il comprenait. À la fin, ne se maîtrisant plus, il lâcha :

— Ce que vous voulez est introuvable ! Vous avez des goûts excessifs. Pourquoi ne vous installez-vous pas rue Royale tant que vous y êtes ?

— Savez-vous que ce n'est pas sot ! rétorqua Jeanne.

— C'est là que nous ferons les meilleures affaires, ajouta Marie.

Angèle porta l'estocade finale :

— Puisque vous vous montrez incapable de

négocier pour nous cette affaire, nous allons nous en charger nous-mêmes. Lorsque nous aurons arrêté notre choix et fixé nos conditions, nous vous le ferons savoir afin que vous rédigiez l'acte.

Alors là, ces dames dépassaient les bornes. Avaient-elles décidé de l'humilier ? Elles piétinaient trente-cinq ans de réputation professionnelle, alors qu'elles ne pratiquaient les affaires que depuis quelques années ! Croyaient-elles qu'elles imposeraient leurs conditions ? Ah, les margoulins allaient les voir venir ! Elles préjugeaient fortement de leurs connaissances du monde des finances ! Elles se feraient bel et bien gruger ! Elles n'allaient pas tarder à changer d'avis. Surtout, qu'elles ne viennent pas pleurer !

D'ailleurs, aussitôt cette affaire réglée, après tout il valait mieux mettre un peu d'eau dans son vin et encaisser les honoraires, il se jura d'interdire à sa femme de les fréquenter, ne fût-ce que comme cliente. Il ne manquerait plus qu'à leur contact elle devînt arrogante et effrontée.

Un après-midi, Jeanne, Marie et Angèle accrochèrent l'écriteau sur la porte de la boutique : « Le magasin est exceptionnellement fermé durant deux heures. »

〜〜〜

D'un pas décidé, elles se dirigèrent rue Royale. Elles n'eurent aucune hésitation devant la porte. Leur choix était mûri. En quelques phrases claires, elles exposèrent au commerçant l'objet de leur visite. Elles étaient décidées à lui racheter son commerce. Comme il se montrait surpris d'une démarche si directe et qu'il semblait y voir quelque maladresse dont il pourrait tirer parti, elles lui firent comprendre très vite qu'il était inutile de jouer au plus fin avec elles. Quelques exemples suffirent à le convaincre. Elles avaient estimé son chiffre d'affaires. Comme il faisait mine de mettre en doute la véracité d'une telle évaluation, elles avancèrent une somme.

Elles avaient surveillé la fréquentation de sa clientèle, questionné les fournisseurs, interrogé l'architecte, ainsi que l'entrepreneur, sur l'état de l'immeuble et son agencement. Non, elles n'agissaient pas sur une impulsion, sur un coup de tête, mais après une étude sérieuse et une réflexion mûrie. Le prix qu'elles proposaient était, selon elles, le plus juste possible et elles n'avaient pas l'intention de discuter, tels des cochers, le prix d'une course. Il lui appartenait désormais de faire savoir à leur notaire, au plus tard sous huitaine, si la proposition lui convenait. L'exposé était terminé. Elles le saluèrent et prirent congé.

Elles furent soulagées de regagner la rue Colbert. Malgré les apparences, elles avaient eu quelques difficultés à se mettre dans la peau du joueur de poker. Cet exercice ne leur était pas familier. L'entretien avait été bref et ferme, selon une stratégie savamment élaborée. Les dés jetés, elles remettaient en cause leur action. N'aurait-il pas fallu ménager un espace de discussion ? En tout cas, elles avaient une certitude en jetant leur dévolu sur cette boutique, elles avaient fait le bon choix. L'architecte ne s'était pas égaré dans sa description. Elles s'abandonnèrent à la rêverie. Elles s'imaginèrent déambulant entre les comptoirs, conseillant une cliente, organisant les étagères, observant de la caisse les allées et venues des acheteuses, décorant les vitrines, étalant une étoffe pour mettre en valeur les coloris, déballant des marchandises, s'extasiant devant une nouvelle collection... À la réflexion, elles pensaient qu'elles avaient bien joué. Ce commerçant avait une réputation de retors qu'il fallait contrer avec efficacité. Il ne restait plus qu'à attendre le résultat de l'offre, en affectant une certaine sérénité. Une des règles de la réussite en affaires n'était-elle pas de masquer ses intentions à son partenaire ? Une démarche auprès du notaire pour savoir s'il avait été contacté, une indiscrétion de celui-ci, qui n'était pas très fin, un mot de trop prononcé devant une voisine et le vendeur potentiel en situation délicate pouvait reprendre l'initiative. Elles se souvinrent du proverbe : « La parole est d'argent, le silence est d'or. » Elles préférèrent l'or.

Le cercle familial fut seul témoin du débat. Se lancer dans une extension commerciale de cette envergure lorsqu'on n'était que de petits commerçants, réclamait un savoir-faire indéniable, une approche méthodique des problèmes, et une audace sans bornes. L'achat n'était concevable que si l'on réalisait la vente de la rue Colbert, et qu'on empruntait pour équilibrer l'opération. Elles maîtrisaient suffisamment les finances pour y voir clair sur ce premier point.

Le second point, organiser le magasin, réaliser les étalages, recevoir la clientèle, conclure la vente, tout cela était à leur portée. Mais une boutique achalandée se devait de répondre à sa clientèle par un approvisionnement constant, abondant, de qualité, d'être en relation permanente avec les fournisseurs, d'en rechercher de nouveaux, de contrôler la qualité de la marchandise, de la conception à la réalisation, de vérifier les expéditions, d'acquitter les factures… Il fallait une personne de confiance pour réaliser ces tâches.

Elles pensèrent à Benjamin. L'idée lui plut. L'établissement de bains qu'il comptait rouvrir ne l'occupait que quelques mois par an. Cette activité complémentaire lui laisserait une bonne part d'initiative personnelle, lui permettrait de voyager… Il fut enchanté de cette perspective.

La réponse du vendeur fut positive. Elle déclencha une activité effrénée. Tous se mirent à l'œuvre. La date du 1er juin fut fixée pour l'ouverture. Il restait peu de temps pour tout mettre en ordre. Tourangeau ne fut pas le moins actif. Comme le transit fluvial se ralentissait encore et que la période de chômage allait arriver, il décida de la devancer quelque peu. Parfois, quelques collègues se troublaient qu'il tolérât chez sa femme autant d'autonomie, tant d'initiative, tant de modernité, lui qui donnait l'impression d'être si attaché aux traditions. Il balayait d'un revers de main les reproches, s'étonnait qu'on se mêlât de sa vie personnelle, expliquait que ses aspirations et celle de son épouse se rejoignaient, convergeaient, même si dans leurs expressions, elles paraissaient contradictoires. Ce qu'il réclamait pour lui-même, c'était de vivre la vie de marinier qu'il avait choisie. Ce qui l'animait, elle, c'était un impérieux goût de la vie. Il ne lui déniait pas le droit de l'exprimer à sa façon.

Comme si les occasions d'activité n'étaient pas déjà suffisantes, ce fut le moment que choisirent Angèle et François pour annoncer leurs fiançailles. Elles furent prévues pour la fin de l'été.

À la ville de Paris fut retenue comme la meilleure enseigne. Au fur et à mesure que la date fatidique d'ouverture approcha, la belle assurance de réussite qu'on avait affichée s'ébranla.

Toutes ces marchandises, toutes ces étagères surchargées de tissus multicolores, tous ces présentoirs d'étoffes fines, tous ces tiroirs recelant foulards, cravates, toutes ces penderies renfermant jupes, manteaux, pardessus et paletots, tous ces voilages accrochés aux cintres, si tout cela ne trouvait pas d'acheteurs !

François redonnait de l'assurance à l'équipe. Avec une page de réclame, chaque jour dans son journal, la clientèle était assurée. Oui mais, si tout de même, cela ne suffisait pas !

Manolo, dont les dons commerciaux étaient connus de tous, eut une idée. Il n'hésita pas à la qualifier lui-même d'idée géniale, propre à assurer le triomphe de *À la ville de Paris*. De fait, quand il eut terminé de l'exposer, ses mérites s'en trouvèrent renforcés.

L'idée consistait à offrir un cadeau à chaque acheteur. Un cadeau alléchant, quelque chose qui ne soit pas éphémère, qui marquerait l'événement, quelque chose de luxueux. Pourquoi pas limiter le nombre des heureux bénéficiaires et susciter des envieux ? Et si on gravait au nom de l'enseigne l'objet, ainsi on porterait à la vue de tous le nom de la boutique ? Oui, mais que choisir ? Il ne fallait tout de même pas engloutir tous les bénéfices. Ils se livrèrent à un véritable recensement.

Le choix fut-il judicieux ? En tout cas, dès l'ouverture, à constater l'affluence de la clientèle, certainement. Les rayons se vidèrent. Le lancement de *À la ville de Paris* fut un événement. Jamais on n'avait observé un tel déploiement de réclame. Sur une page entière, le journal d'Indre-et-Loire, vantait le nouvel établissement :

À LA VILLE DE PARIS
Tours Rue Royale

OUVERTURE DE LA SAISON D'ÉTÉ

Grand choix d'étoffes nouvelles – draperies – soieries – fils
Spécialité de hautes nouveautés parisiennes
Vêtements de luxe – Tenues de campagne – Tenues de ville

Des vêtements pour toutes circonstances, pour toutes saisons, pour toutes les tailles, pour toutes les bourses.

Style, solidité, bon marché relatif, voilà le programme de ce magasin qui a su se placer à la hauteur des exigences de sa position exceptionnelle.

Pour l'ouverture, les responsables du magasin À LA VILLE DE PARIS

ont imaginé d'OFFRIR un cadeau aux 500 premiers acheteurs qui se présenteront. Ce cadeau consiste en un CHARMANT ET ÉLÉGANT PORTEFEUILLE EN MAROQUIN, venant de PARIS et sur lequel sont gravés, en lettres dorées, les mots suivants : PRIME OFFERTE À SA CLIENTÈLE par À LA VILLE DE PARIS, rue ROYALE TOURS.

Pour faire juger du bon marché relatif, nous citerons les articles suivants :
PALETOTS DRAP : 17 F – PANTALONS Laval : 2,50 F
GILETS piqués : 1,30 F

L'euphorie de l'ouverture passée, on avait craint une baisse du chiffre d'affaires, mais il n'en fut rien. Désormais, tout acheteur d'un vêtement, tout acquéreur d'une nouvelle tenue vestimentaire se faisait un devoir de visiter *La Ville de Paris* avant d'arrêter son choix.

L'établissement de bains ouvrit à son tour pour la seconde saison. Benjamin, Baujeu, Tourangeau s'y consacrèrent. Avec l'ouverture du pont suspendu qui reliait l'île Aucard à la ville, Tourangeau n'eut pas à s'occuper du passage des baigneurs. *La Confiance* se prélassa au bout de sa corde d'amarrage en attente des prochaines hautes eaux.

Les soucis vinrent du côté de Martin. La République ne prenait pas que des mesures propres à satisfaire tous les citoyens. En avançant l'idée que l'État allait racheter les actions du chemin de fer, les responsables de la République avaient provoqué la panique parmi les actionnaires. Qu'allait-il se passer ? Le projet se réaliserait-il ? Arriverait-on à l'enrayer ? Qu'adviendrait-il des projets d'extension ? Autant de questions que Martin se posait.

François vint le surprendre à son bureau.

– Tu m'as l'air bien agité !

– C'est que je viens d'écrire un article qui paraîtra demain dans lequel je règle son compte à la République.

– Bigre ! Si moi j'ai quelques raisons de m'irriter des décisions qu'elle envisage de mettre en exécution, toi, qu'as-tu contre elle ?

– Il me semble, que bientôt, il ne restera rien des intentions affichées à son avènement.

– N'étais-tu pas un de ses défenseurs ?

– Oui, mais certains se sont approprié la République et n'en font pas un bon usage. À force de trop vouloir la définir, il me semble que bientôt elle aura perdu tout son sens. J'ai fait une sorte de recensement des différentes appellations qu'on prétend lui donner. Écoute un peu, tu jugeras par toi-même, si les Français ont ou non de l'imagination :

« La révolution de Février a été accueillie par toute la France aux cris de Vive la République ! *Mais ce cri unique n'a pas suffi à certains partis et à certaines coteries qui veulent une république à leur façon et qui prétendent en exclure "par principe de fraternité, tous ceux qui ne pensent pas comme eux". Ils ont donc crié :* Vive la République démocratique ! »

« Maintenant, il y ajoute encore une épithète, vous verrez, bientôt nous aurons : "La république démocratique socialiste-communiste !" Il est temps de faire ressortir le ridicule de ces prétentions.

– *Quelle république aurons-nous ?*

« Le National *veut une république américaine.*

« Le Journal des Débats *veut une république constitutionnelle.*

« Le Constitutionnel *veut une république immobile.*

« La Gazette de France *veut une république héréditaire.*

« La Patrie *veut une république froide.*

« Le Courrier *une république chaude.*

« La Réforme *une république de la veille.*

« Le Siècle *une république du lendemain.*

« L'Union *une république royaliste.*

« La Presse *une république à l'idée (et à L'Émile).*

« La Commune de Paris *une république révolutionnaire.*

« Le Corsaire *une république nationale.*

« Le Charivari *une république pour rire.*

« La Démocratie *une république de phalanstère.*

« Le Père Duchêne *une république sans culotte.*

« La Liberté *une république littéraire.*

« Le Commerce *une république parlementaire.*

« Le Représentant du Peuple *une république agraire.*

« L'Assemblée Nationale *une république rétrograde.*

« La Vraie République *une république fausse.*

« L'Ère Nouvelle *une république ancienne.*

« *Maintenant, mêlez-moi tout cela, sans rien oublier, et servez-nous chaude une belle et sage République, sans adjectif si ce n'est celui de française !*

– Tu ne manques pas d'humour ! Tout ce verbiage nous coûte cher. On ferait mieux de se préoccuper de l'économie de notre pays et d'assurer sa croissance. Au lieu de cela, quelques originaux, quelques intellectuels, quelques rêveurs, quelques arrivistes se préoccupent de préserver un pouvoir qu'hier ils critiquaient, qu'aujourd'hui ils revendiquent pour eux-mêmes, il est vrai, au nom du peuple. Ainsi du chemin de fer qu'espèrent-ils faire de mieux en rachetant les actions ? Pour l'heure, devant tant d'incertitude, ils lui font courir le plus grand risque. Sais-tu qu'aujourd'hui, sur ce seul chantier qui relève de notre responsabilité, plus de deux mille ouvriers travaillent ? Rien qu'à Tours, deux cents ouvriers achèvent la station centrale. Dans deux mois, les bâtiments commencés pour le chemin de fer de Tours à Nantes, pourront être livrés à la Compagnie. La partie attribuée au chemin de fer d'Orléans à Bordeaux est déjà occupée. Sur la ligne Tours-Angers, la pose des voies et du ballast se poursuit activement. Tous les terrassements,

tous les divers ouvrages d'art sont terminés. À
propos, as-tu vu le viaduc de Cinq-Mars ?

– Non, pas encore.

– Il est superbe. Si nous y allions dimanche !
En conjuguant nos efforts et en faisant miroiter
cette promenade, peut-être pourrons-nous sortir
les femmes de leur boutique ?

– C'est une bonne idée. D'une pierre je ferai
deux coups. Un pique-nique et un article sur
l'état d'avancement du chemin de fer ! »

16

Seules les eaux de la Loire demeurèrent calmes durant l'été. La saison chaude fut marquée par une multitude de petits et grands événements. Paris vit à nouveau des barricades dans ses rues. La fermeture des Ateliers nationaux provoqua des réactions vives. Aux cris de « *Volez au secours de vos camarades de Paris* », la garde nationale de Tours recruta des volontaires. Un train spécial fut organisé. Il gagna Paris avec difficultés. Le convoi fut stoppé un peu avant la capitale. Des ouvriers avaient coupé la voie dans le but d'empêcher, ou du moins de retarder les troupes qui devaient réprimer les insurgés.

Des bateaux à vapeur se risquèrent à remonter la Loire malgré les eaux encore trop basses. De Nantes, Angers, Saumur, Les Sables-d'Olonne, des volontaires arrivèrent pour défendre la République. L'étiage ne permit pas aux vapeurs d'aller au-delà de Tours. Les passagers ne purent même pas débarquer dans le port. Ils durent descendre un peu en aval de la ville, à Portillon, sur la rive droite.

〰

Le conflit, qui agitait les Parisiens, avait des retentissements en province. Sur le chantier du chemin de fer, dans le canton de Saint-Georges, des bagarres éclatèrent. Le préfet envoya très rapidement un détachement de gardes à cheval tandis que des effectifs plus importants, mais moins rapides à se mouvoir, embarquaient sur un vapeur, en vue de prêter main-forte.

Bourgeois et ouvriers, républicains et socialistes avaient cru pouvoir gouverner ensemble. La rupture était consommée. Les intérêts se révélaient divergents. L'idée d'un gouvernement fort, capable de rétablir et de maintenir l'ordre, se développait. Bourgeois et paysans partageaient la même inquiétude : voir l'anarchie s'installer. Les ouvriers, eux, se détournaient d'une République dans laquelle ils avaient placé beaucoup d'espoir et qui n'avait pas amélioré leur sort.

Quelques jours avant les élections du conseil municipal, les administrateurs du chemin de fer de Tours à Nantes reçurent une bonne nouvelle, le projet de loi sur le rachat par l'État des actions des chemins de fer avait été retiré.

À peine élu, le nouveau conseil eut à recevoir les doléances des mariniers, des voyageurs par eau, et de tous les usagers du port, unis pour cette démarche. Certes, cette année, les eaux étaient exceptionnellement basses, mais il ne faisait pas de doute que l'entretien du port, du chenal et des installations annexes laissait de plus en plus à désirer. Que l'étiage soit encore un peu plus bas et aucune activité ne pourrait plus se dérouler. Depuis plus de deux mois, dès qu'un bateau avait le moindre chargement à son bord, il était obligé de se diriger vers Portillon. Un seul train de gabares suffisait à encombrer le chenal devenu trop étroit pour le passage de deux embarcations à voile de front. Enfin, les quais de débarquement présentaient un pavage tellement inégal et raboteux que les chevilles des passagers étaient soumises à rude épreuve, sans parler de certaines marchandises, telles des barriques d'huile, de vin, de mélasse, qui ne pouvaient rouler sans être exposées à des avaries certaines. C'était trop ! Voulait-on tuer le commerce ? Désirait-on décourager les voyageurs, les détourner des voies navigables ? Ces messieurs du conseil avaient-ils des intérêts particuliers à préserver dans le chemin de fer ? Allait-on enfin se décider à entreprendre des travaux ?

Sans s'émouvoir, le conseil écouta, enregistra, puis passa très vite à la question d'actualité qui l'intéressait : l'organisation du banquet républicain du 10 septembre prochain. Tout devait être fait pour conduire au succès.

De longue date, Angèle et François devaient se fiancer ce jour-là. Rien ne fut changé ! Ferdinand assura François de ne rien compromettre. Il suffirait à couvrir l'événement. Du reste, figurant au titre des invités aux fiançailles, il avait bien l'intention de s'éclipser du banquet républicain au plus vite. La mère et le père de François firent le voyage de Paris à Tours, par le chemin de fer. Ils effectuèrent l'aller et retour dans la journée.

Sur le boulevard Béranger, tout avait été prévu pour recevoir, en plein air, les huit mille convives. Dès le grand matin, des trains spéciaux amenèrent les invités de l'Est. Ceux de l'Ouest devaient arriver par bateaux. Les vapeurs ne purent mettre en branle leurs roues à aubes.

Qu'importe ! Les citoyens de Nantes, d'Angers, de Chinon, de Saumur vinrent à pied. La République valait bien une marche !

François fit observer à Angèle que la coïncidence des fiançailles et du banquet pouvait leur faire croire que la ville était pavoisée pour elle. Dans les rues principales étaient dressés des mâts décorés d'oriflammes, surmontés de boules dorées. Ils étaient reliés entre eux par des lampes vénitiennes.

〰

Signal des réjouissances, dès l'aube, vingt et un coups de canon avaient été tirés. Jamais défilé des gardes nationaux ne dura aussi longtemps. Au mieux, les autorités avaient espéré huit mille gardes. Ils furent entre dix et douze mille à défiler. Consciencieusement, Ferdinand avait commencé à noter l'origine de chaque détachement. Devant l'ampleur du projet, il y renonça. Il se concentra sur les propos du préfet. Bien que la musique cessât de jouer durant son intervention, sa voix puissante ne porta pas suffisamment pour atteindre l'auditoire. Seuls, les plus proches purent entendre son discours qui ne manquait pas d'originalité :

177

« *Citoyens,*

« *Je vous propose un toast, double dans l'expression, simple dans la pensée :*

« *À la République démocratique une et indivisible !*

« *À l'Assemblée nationale constituante !*

« *À la République conquise un instant sur la monarchie par nos pères, et après trente ans de luttes opiniâtres, reconquise enfin par le peuple le 24 février.*

« *À l'Assemblée nationale qui n'a pas craint de personnifier sa dictature jusqu'à l'anéantissement des ennemis de la Révolution.*

« *À la République qui sortira plus brillante et plus belle du sanctuaire, où elle a permis de voiler la liberté.*

« *À l'Assemblée nationale dont le vote unanime a placé la démocratie en tête de la constitution.*

« *Croyez en l'enfant de Paris qui vous parle : au premier appel de la ville apôtre, de la ville martyre, de la ville où l'idée triomphe, vous nous verriez accourir, nous vos frères. N'est-ce pas, Orléanais, n'est-ce pas, enfants de Blois, d'Angers, de Saumur, n'est-ce pas, Tourangeaux, que Paris vous verrait accourir prodigues de votre sang pour la République ?*

« *Dites à l'Assemblée nationale que les regards tournés vers elle, nous répétons d'une voix unanime :*

« *Confiance et soumission,*

« *Vive la République ! »*

Un coup de canon donna le signal des applaudissements…

Manolo, qui traînait à travers les rangées de tables, aperçut Ferdinand et vint le rejoindre.

– Tu perds ton temps à noter pareille ânerie !

– Je ne crois pas. Tu sais, ils applaudissent alors qu'ils n'ont rien entendu. Il n'est pas mauvais que, demain, à la réflexion, ils sachent pourquoi.

– Montre-moi tes notes que je vérifie quelque chose… Oui, c'est cela… « Après trente ans de luttes opiniâtres… » Regarde-le, il ne sait pas ce qu'il dit. La lutte n'a pas l'air de l'avoir trop affecté. Je suis écœuré. Que va-t-il rester de cette république ? J'avais cru, avec quelle naïveté, qu'elle serait enfin entre nos mains ! Allez viens, laissons tomber les discours, les applaudissements, rejoignons les autres, allons boire loin de cette mascarade !

– Pas encore, je ne peux pas…

– Qu'as-tu encore à noter ? Le feu d'artifice, les illuminations ? Il te suffira d'interroger ce soir n'importe qui pour t'enquérir de la couleur des fusées.

– Tu as raison, allons-y !

Manolo tira Ferdinand par la veste.

– Écoute un peu, avant que je sois trop ivre pour te dire un mot. Cette fois, je pars pour l'Icarie !

17

Depuis plus de quatre mois, les mariniers étaient contraints à l'inactivité du fait de l'étiage excessivement bas. Les premières semaines, ils avaient trouvé à s'occuper, profitant du chômage pour effectuer les indispensables travaux d'entretien. Les clous rouillés avaient été extraits des pièces de charpente. D'autres, nouvellement forgés, avaient pris place. Les cordages effilochés avaient été éliminés des embarcations et remplacés par d'autres, encore rigides, qui ne risquaient pas de se rompre à la première traction vigoureuse. Les poulies nettoyées et graissées tournaient sans effort. Les toiles des voiles avaient été déployées, séchées, examinées avec soin, rapiécées et renforcées quand le patron l'avait jugé nécessaire. Pas une pièce de bois endommagée qui n'ait été changée. Pas une coque qui n'ait été calfatée. Pas un recoin qui n'ait été inspecté. Pas un falot qui n'ait été briqué.

Mais maintenant, les mariniers commençaient à tourner en rond et à montrer de l'impatience. Les discussions de cabaret ne trouvaient guère à se renouveler. Les parties de « vache » perdaient de leur intérêt. Il ne s'agissait pas seulement de satisfaire un besoin de bougeotte, mais de regonfler un portefeuille qui avait perdu de son embonpoint. Seulement, que faire tant que le fleuve n'aurait pas décidé, de son propre chef, de cesser de paresser ?

Les mariniers n'étaient pas les seuls à surveiller nerveusement l'échelle des eaux, à guetter un courant naissant, à appeler de leurs vœux nuages de pluie et bourrasques de vent. Certains essayaient de mettre tous les atouts de leur côté. Ils n'hésitaient pas à se détourner de leur chemin habituel pour brûler un cierge à quelque saint réputé pour exaucer un vœu. Chaque famille avait celui qui la tenait en grâce en particulier. Mariniers, charpentiers, forgerons, cordiers, portefaix, voituriers, tous, associés dans un même intérêt, épiaient journellement la guirouée, scrutaient désespérément l'horizon, escomptaient l'arrivée des eaux nourricières.

Il fallut attendre jusqu'à la fin octobre pour qu'une légère crue, conjuguée à un fort vent d'ouest, remette à flot les gabares. En quelques jours, le fleuve donna l'impression d'une activité à laquelle on n'était plus accoutumé. Les voiles, d'un blanc écru, s'étendaient à l'horizon à l'ouest comme à l'est. Les embarcations s'entrecroisaient dans le chenal, menées par des mariniers qui n'avaient rien perdu de leur dextérité. Une foule de journaliers s'activait sur les quais. Les patrons, d'une voix ferme, réclamaient des tâcherons avec empressement. Des charrettes à la queue leu leu attendaient leur tour sur les quais pour se vider des victuailles qu'elles contenaient et qui alimenteraient les équipages durant le voyage. D'autres se chargeaient des marchandises en arrivage qu'elles conduisaient, à vive allure, par les rues de la ville, vers les entrepôts. Les sirènes des vapeurs déchiraient l'atmosphère. Les volutes de fumée noire s'échappaient des cheminées, se diffusaient sur les quais, empestant l'air et provoquant des quintes de toux.

La ville semblait renaître. Les passants eux-mêmes, qui avaient vu cent fois le spectacle, ne résistaient pas à l'envie de s'arrêter un instant pour contempler la scène. Les mariniers, le sourire aux lèvres, s'interpellaient d'une gabare à l'autre. Ils avaient retrouvé leur bonne humeur. Certains rappelaient à l'ordre les débardeurs, qui n'allaient pas assez vite à leur gré. D'autres, sur le point d'appareiller, embrassaient une dernière fois leur épouse, avant d'écarter la gabare du quai, s'arc-boutant sur l'outiau. À peine dissimulaient-ils leur joie de partir. Sûr, personne ne pourrait leur prendre leur fleuve. Encore une fois, ne constatait-on pas qu'il redonnait vie à la ville ? N'apportait-il pas la richesse ? Peut-être mieux encore, plus que de l'argent, il répandait sur son passage la gaieté, la vie… Non, si jamais quelques hommes étaient tentés de se détourner du fleuve, un remords tenace les habiterait jusqu'à ce qu'ils retrouvassent les rives enchantées. Balayant d'un geste leur folie, ils reviendraient vite s'éblouir de beauté, se laisseraient pénétrer à nouveau, des senteurs apaiseraient leur âme tourmentée et, dans les lumières distillées par les eaux, ébranleraient leur corps en l'exposant aux bourrasques amicales du vent.

Malgré l'heure matinale et leurs occupations habituelles, toute la famille de Tourangeau était venue saluer Manolo sur le départ. Il profitait de *La Confiance* pour descendre le fleuve. Il ne comptait pas remettre, un jour, les pieds sur le sol de France. À l'estuaire du fleuve, l'océan s'ouvrait sur le monde, sur son avenir. Un navire l'emporterait jusqu'en Amérique d'où il rejoindrait l'Icarie. La république naissante avait, à ses yeux, fait un temps illusion. De cette république, il avait espéré magnificence pour lui et ses amis, modestes citoyens. Cette république s'obstinait à prendre des chemins qu'il réprouvait. Elle s'acharnait à rester strictement française et refusait tout autre qualificatif. Ses espérances étaient déçues. Il avait hésité à rendre une dernière visite à sa famille, puis il y avait renoncé. Les jérémiades de sa mère, il les avait devinées. Il savait qu'elle serait prête à toutes les manigances pour le détourner de son projet. Une lettre avait suffi à expliquer les raisons de son départ.

〜〜〜

François, Martin, Benjamin, les femmes, même Baujeu n'avaient pas manqué une occasion de le dissuader de partir. Ils ne tarissaient pas d'arguments. Alors qu'ils passaient la dernière soirée ensemble, la discussion avait ressurgi. Tourangeau avait coupé court au débat. Il ne partageait pas le point de vue de Manolo, mais respectait son choix. Il avait pris sa défense. Il avait développé l'idée qu'il ne fallait pas chercher à détourner un homme de son destin, même si cet homme allait à sa perte. L'empêcher de vivre sa vie, c'était comme de le faire mourir à petit feu. Le remords qui vous dévore, le regret d'un désir inassouvi qui vous prive de la vie, non, il fallait vivre debout, vivre selon son choix. Alors chacun, refoulant sa peine, s'était empressé de donner à cette soirée d'adieux une allure de fête.

Sur le quai, Tourangeau et Manolo écourtèrent les embrassades, enroulèrent les amarres, éloignèrent du quai *La Confiance* et l'engagèrent dans le chenal.

L'émotion qui avait gagné les deux hommes se dissipa rapidement. La nécessité de l'action relégua au second plan les sentiments. Le trafic intense, notamment dans la zone portuaire, obligeait à des manœuvres précises et délicates, une attention de tous les instants était requise. Manolo essayait de se rendre utile. Il exécutait les gestes qu'il avait vu accomplir par Tourangeau, par sympathie plus que par passion. La descente se fit à une allure très modérée. À certains endroits, le chenal était à peine suffisant pour permettre le passage d'une gabare. Quand le soir venu, Tourangeau mouilla l'ancre le long d'une île boisée qui divisait le fleuve en deux bras, Manolo sauta dans les hautes herbes avec une joie non dissimulée. Après s'être délassé les jambes, il proposa de s'occuper du dîner. Tourangeau lui conseilla de fouiller l'île et de voir s'il n'y avait pas quelques collets. Il ne fut pas long à regagner le bord, en brandissant un garenne.

Le lendemain matin, alors que *La Confiance* glissait sur le fleuve, le ciel s'obscurcit. Un vent violent balaya la surface des eaux, ployant les branches des saules. Les oiseaux cessèrent de voler. Ils se tinrent à l'écart du vent d'ouest, en s'abritant dans les rives éboulées, dans les creux des talus. Entre deux rafales, les eaux du fleuve essayaient de se déplisser et de retrouver un aspect de miroir poli, aussitôt contrarié par une nouvelle bourrasque. Le fleuve moutonnait, tel un océan. L'orage éclata avec une violence et une vivacité peu courantes. Il s'ancra sur la rive gauche. Les éclairs s'écrasaient au sol sans discontinuer, tandis que les grondements du tonnerre se répercutaient contre les rochers du coteau. Dans cet espace en folie, les hommes ne savaient plus ce qu'ils devaient craindre le plus, de la lumière qui les éblouissait ou du fracas des coups de tonnerre qui les entouraient de toutes parts. Sur la gabare, ils se sentaient en danger. Ils ne voyaient pas de moyen efficace de se protéger. Ils ne pouvaient que subir l'orage et implorer le ciel que la foudre ne les choisisse pas pour cible.

La gabare, bien qu'en mouvement, avait interrompu sa descente. Le courant était contrarié par les vagues qui enflaient les coups de butoir du vent. La foudre fendit en deux un noyer de grand âge, qui s'abattit avec fracas dans le contrebas de la levée. L'orage était bel et bien installé sur le fleuve. Ses tentatives pour s'éloigner et poursuivre ses ravages étaient vaines. À chaque fois qu'il semblait vouloir progresser vers le nord, il se heurtait au coteau, barrière infranchissable qui le repoussait vers la rive gauche bordée de plaines.

Pour la seconde fois, la foudre frappa. À quelque cinquante mètres d'eux, elle jeta son dévolu sur une éolienne dressée dans une île, qui servait à soutirer de l'eau pour désaltérer le cheptel qui engraissait en liberté sur ce pâturage. Le troupeau fut paniqué. Il se mit à parcourir la prairie à la recherche d'une issue. Un bœuf plongea dans l'eau. Heureusement pour le propriétaire des bêtes, le reste du troupeau n'osa le suivre dans son acte suicidaire.

En accélérant l'allure, l'orage se précipita à nouveau contre le coteau. Il le frappa avec insistance comme un boxeur qui veut éprouver la résistance de son adversaire. Faute de résultat, il renonça et s'engagea sur la seule voie qui s'ouvrait à lui, le défilé du fleuve. La Loire semblait s'amuser de sa compagnie et cherchait à le retenir entre ses rives. *La Confiance* fut prise sous une pluie diluvienne, brève mais intense.

Comme par enchantement, aussitôt les nuages crevés, la Loire changeant du tout au tout retrouva son air serein de fin d'été. Le soleil ne tarda pas à effacer les signes d'une humeur passagère. En quelques minutes, les bancs de sable avalèrent et digérèrent les traces de la pluie et retrouvèrent le blond doré qui leur allait si bien. Les feuilles des arbres connurent les bienfaits d'une toilette. Les dernières gouttelettes glissèrent sur leurs nervures et les débarrassèrent de la poussière qui ternissait leur éclat. Les eaux du fleuve, un instant désorientées au point d'avoir perdu le sens de leur écoulement, retrouvèrent leur calme et donnèrent l'impression de demeurer immobiles. Les éléments étaient définitivement rentrés dans l'ordre. *La Confiance* se laissa de nouveau portée par le fleuve.

Alors qu'ils naviguaient à hauteur de Candes-Saint-Martin, leur attention fut attirée par l'écho d'une cloche. Tourangeau fit signe à Manolo de se taire. Il voulait s'assurer du son qui parvenait jusqu'à eux.

Manolo, interloqué par cet intérêt soudain, fit observer :

– Tu as l'intention d'aller à complies !

– Tu fais un drôle de chrétien. Tu n'es même pas capable de distinguer la cloche des prières de celle du jeu. Cette cloche appelle les fidèles d'une autre espèce. Elle annonce une partie de boules de « fort » qui va débuter à Montsoreau.

– Voilà un jeu qui ne me dit rien.

– Raison de plus pour y aller. Nous allons faire étape à Montsoreau, j'ai une revanche à prendre.

Quelques minutes plus tard, *La Confiance* était amarrée aux quais et nos deux hommes déjà en chemin pour rejoindre l'ère de jeu.

Le terrain était installé sous un abri de bois, sorte de hangar plus long que haut, clos de tous côtés. Seule, une petite porte permettait de pénétrer en son sein. L'éclairage intérieur était assuré par cinq fenêtres situées sur une même paroi, au sud. Les deux compères entrèrent. Une douzaine d'hommes étaient déjà là. Ils se connaissaient presque tous. Déjà, ils constituaient les équipes. Elles étaient formées de quatre hommes chacune. L'une d'elles fut composée exclusivement de mariniers. Tourangeau y trouva une place. L'autre fut panachée de paysans et d'artisans.

Les agriculteurs avaient quitté momentanément leurs cultures en raison de l'orage. C'est à leur intention que ceux du bourg avaient tiré la cloche, par-delà les vignes, les prairies, les moulins, les pressoirs, la nouvelle s'était répandue. Les villageois n'avaient pas besoin de cet appel sonore.

Quelques bons à rien, libres toute la journée, battaient le rappel en faisant le tour des ateliers et des boutiques, recrutant joueurs et spectateurs. Certaines épouses complaisantes acceptaient de bon cœur que leurs maris quittassent leur occupation pour cette activité sacrée au sein de la communauté villageoise.

Le prestige de la commune était vital. Une légère dérive, un relâchement, une concentration débridée et qu'adviendrait-il de l'équipe, le jour fatidique, où elle affronterait ceux de Fontevrault, ceux de Candes ou de Varennes ? Non, les femmes devaient comprendre qu'il s'agissait là d'un devoir communal !

Bon, avaient-elles répondu, passe encore pour les joueurs, mais avaient-ils besoin d'être entourés d'une ribambelle de conseillers, de suppléants, d'observateurs, d'accompagnateurs ? Les femmes avaient beau essayer de déterminer qui, au juste, jouait, qui se contentait de regarder, elles n'arrivaient pas à dénouer l'écheveau. Tous les hommes s'accordaient entre eux, tous répétaient les trois mots inscrits au fronton du *Cercle* :

« Solidarité, amitié, entraide. » La réalisation de ce programme ambitieux, exigeait la présence de tous. Ils se devaient d'être disponibles pour les amis du *Cercle*.

Certaines épouses ne l'entendaient pas de cette oreille, elles rechignaient à accorder une autorisation d'absence à leurs maris, surtout quand cette permission prenait l'allure d'un permis permanent. Il fallait tout de même faire tourner la boutique et nourrir les enfants.

∿

Face à cette mauvaise volonté, les membres du *Cercle* devaient faire preuve d'audace. N'avait-on pas été jusqu'à dépêcher le maire chez la Lison, un jour qu'elle avait bouclé son homme au foyer ?

— Maire ou pas, l'affaire est entendue, il ne sortira point d'ici aujourd'hui ! Il a à faire.

— Mais nous ne pouvons pas courir le risque d'une défaite. Ceux de Varennes nous attendent. Nous avons besoin d'une revanche. Nous avons perdu la dernière fois. Les bachots sont déjà à l'eau, prêts à traverser le fleuve. Lison, nous allons être la risée des bourgs voisins. Comprenez que ma position de maire est en jeu !

— On perdra point grand-chose à vous remplacer. Vous feriez mieux d'inciter nos hommes à travailler que de les débaucher en permanence soi-disant pour le *Cercle.*

Le maire ayant essuyé un échec dans sa mission, il ne restait plus qu'à recourir à des moyens exceptionnels. D'un commun accord, on dépêcha le curé.

On ne sut jamais avec précision quels arguments il avait utilisés pour la convaincre. Certains laissaient entendre que la communion du benjamin avait été mise dans la balance, d'autres disaient que le curé avait rappelé à Lison, qu'à confesse, elle n'avait point toujours fait le vide en son âme, que certaines fautes passées… Bref, seul comptait le résultat. L'essentiel était que le curé ait soustrait l'André du giron de sa femme.

Manolo s'impatientait. Allait-il enfin les voir jouer ?

Justement, la partie ne pouvait s'engager, on attendait André. Comme à chaque fois, ils avaient tiré au sort pour savoir qui serait chargé d'aller le chercher. Il ne faisait pas bon se risquer dans l'appentis du tonnelier sans avoir pris des précautions élémentaires. Une mise en scène avait été réglée. Le désigné par le sort roulait, jusque dans la cour d'André, une vieille futaille pour laquelle il demandait une remise en état urgente. André le renvoyait promptement, arguant qu'il n'avait point le temps pour le moment, qu'il partait à l'instant livrer des barriques. Il s'attelait alors à son char à bras et quittait la cour. Pas question d'abandonner le char devant le *Cercle*. La Lison était vigilante et entourée de mégères promptes à la dénonciation. Alors, parfois, il fallait attendre l'André un bon moment. Il allait cacher son char dans les endroits les plus saugrenus.

La partie put débuter. Dans leur casier, les habitués avaient récupéré la paire de boules qu'ils entretenaient avec un soin extrême. Certains avaient quitté leurs sabots, leurs souliers pour enfiler les chaussons de feutrine. D'autres allaient pieds nus, ou en bas de chausses, pour ne pas endommager la surface de jeu.

Les spectateurs gagnèrent la main courante qui entourait le terrain de terre battue. Le jeu, en lui-même, faisait une vingtaine de mètres. Il était dans la norme moyenne. Certains étaient plus courts, quinze mètres pour le moins, d'autres plus longs, vingt-cinq mètres. La largeur était généralement comprise entre quatre et six mètres. Il y avait un net avantage à jouer sur son terrain. Les distances étaient mieux maîtrisées, les défauts de la surface étaient connus.

L'aire de jeu était l'objet de soins attentifs et intensifs. La terre battue était finement étalée, soigneusement humidifiée, méticuleusement roulée. Il fallait que la boule se déplaçât sans rencontrer d'obstacle. Le moindre gravillon, la moindre aspérité suffirait à la détourner de son objectif, pire, à provoquer sa chute. Outre son revêtement délicat, le terrain avait une autre particularité, il avait une forme incurvée. Ses côtés étaient relevés d'une trentaine de centimètres par rapport à la ligne médiane. On disait qu'il tenait sa forme originale des mariniers. Ils auraient choisi cette forme parce qu'elle rappelait le fond d'une gabare. Était-ce la vérité sur son origine, le fait est que ce jeu n'existait qu'au long du fleuve Loire, sur une portion seulement de son cours, une enclave d'une centaine de kilomètres, en aval et en amont de Saumur. À chaque extrémité du terrain, une ligne blanche était tracée. La boule qui passait au-delà venait finir sa course contre la planche qui délimitait l'aire de jeu. À trois mètres exactement de la ligne tracée, à l'intérieur du jeu, une autre ligne de craie était marquée. C'est dans cet espace défini que devait se tenir la petite boule de bois qu'il conviendrait d'approcher au plus près pour marquer un point. La partie se jouerait selon les lieux en dix, onze, douze, treize points, parfois jusqu'à quinze. Les joueurs se pliaient aux particularités locales.

⌇

– Je ne comprends toujours pas pourquoi vous appelez ça la boule de "fort", questionna Manolo. Est-ce en raison de son poids ?

– Non, tu vas comprendre en observant la course de la boule. Chaque joueur dispose de deux boules. Chacune pèse entre un kilo quatre cents grammes et un kilo six cents grammes. Elle est en bois. Celle-ci est en cormier, d'autres sont en bois des îles. Il faut toujours choisir un bois très dur, très sec, et qui ne se fende pas.

– Elle a une drôle d'allure, ta boule. On dirait qu'elle n'est pas vraiment ronde.

– C'est exact. Elle a une allure de sphère, mais en réalité, elle est aplatie sur deux côtés, s'il est possible de dire qu'une boule a des côtés !

– C'est un peu comme si on avait rogné la boule.

– Oui.

– Pourquoi ce fer ? On dirait une barrique.

– Sur la partie qui est demeurée totalement ronde, on a placé un fer. Ce fer est poli soigneusement afin que la boule roule parfaitement. L'un des côtés aplatis s'appelle "le faible", l'autre, "le

196

fort". Il y a une différence d'une dizaine de grammes entre l'un et l'autre. Avec son "faible" et son "fort", la boule est déséquilibrée, donc plus vulnérable dans son déplacement. Si l'on y ajoute les effets du terrain incurvé, cela donne un jeu autrement plus raffiné que le jeu ordinaire.

Tourangeau rejoignit ses compagnons de partie. Le camp des mariniers envoya sa première boule. Pas question pour le joueur de la jeter. Avec une délicatesse extrême, il la posa sur le sol, lui imprimant un mouvement de rotation pour la mettre en branle. Sur sa partie ferrée, lentement, la boule tourna en donnant l'impression de se dandiner. Le plus sûr moyen de manquer son approche de la petite boule de bois, référence qui donnait le point, était d'emprunter la ligne médiane. Pour placer sa boule, il fallait utiliser les pentes du terrain et les conjuguer adroitement avec l'effet du « fort » et du « faible ».

La boule lancée, avec une lenteur extrême, selon une trajectoire légèrement oblique, gravit la pente située à la gauche du joueur. Au sommet, qu'elle atteignit avec difficulté, elle donna l'impression d'hésiter à poursuivre sa course. Elle reprit cependant la pente, entraînée par le « fort », augmenta sa vitesse, ralentit à nouveau au contact de la pente droite, balança de droite et de gauche, s'immobilisa pratiquement, fit frémir les spectateurs en menaçant de se coucher, retrouva la déclinaison, accéléra dans le goulet, accentua sa trajectoire oblique, perdit à nouveau de sa vitesse en remontant la pente et finit sa course, en se couchant sur le flanc, à deux centimètres de la petite boule. Les habitués ne furent pas surpris de cet exploit.

Manolo, lui, n'aurait pas parié un sou en observant le chemin pris par la boule au départ. De l'avis général, la boule était bien placée, mais l'adversaire pouvait mieux faire encore.

Le camp rival examina avec soin la situation et se lança dans un conciliabule. Pour sûr, André était capable de mieux faire, mais était-ce judicieux ? La boule positionnée était gênante. En la laissant là, elle empêcherait de faire plusieurs points dans cette phase de jeu. Ne valait-il pas mieux adopter une autre tactique ? La dégager par exemple ? Tirer, c'était la spécialité de Marcel, il se mit en place. Il choisit son angle, répéta le geste, et fit rouler avec force la boule qui prit la pente, selon une trajectoire calculée au millimètre près. Elle heurta, selon les prévisions, la boule couchée et la précipita contre la planche, sans avoir effleuré la petite boule. La place était nette. Le placeur de l'équipe des mariniers s'apprêta à repositionner une seconde boule, gênante pour les concurrents.

La partie dura près de deux heures. Pour déconcerter les adversaires, tout était bon. Certains s'apostrophaient amicalement :

C'est point aujourd'hui que tu vas embrasser Fanny ! ou bien, c'est pas en t'approchant si peu que tu vas baiser Fanny ! Fanny était une référence de tous les instants.

Au bout d'un moment, n'y tenant plus, Manolo demanda :

– On peut la voir, votre Fanny ? À vous entendre, c'est une sacrée garce.

Tous rirent de son ignorance.

– Il faut mériter Fanny. Seuls les joueurs de classe peuvent l'approcher ! Mais pour toi qui n'es pas d'ici, peut-être fera-t-on une exception ? Êtes-vous d'accord, vous autres ?

– Après la partie, et s'il régale d'une fillette, pourquoi pas ?

Manolo dut patienter avant d'être présenté à la femme fétiche du *Cercle*. Chaque jeu avait sa Fanny. À l'extrémité du terrain, elle se tenait dissimulée derrière un rideau.

Manolo, sous l'œil amusé de tous, sous les quolibets, écarta le voile et révéla une statuette d'une cinquantaine de centimètres de haut, représentant le corps d'une femme nue, dans une pose propre à suggérer le désir et qui ne pouvait pas se confondre avec celle de quelque sainte dans une niche d'église.

– Je l'aurais préférée en chair et en os !

Manolo n'était pas pressé de quitter le *Cercle*. Il serait bien demeuré en si joyeuse compagnie, mais il fallait regagner *La Confiance* et poursuivre la course. La détente avait ses limites. Le reste du voyage s'acheva sans difficulté particulière. À Nantes, ils durent patienter sur *La Confiance* ancrée au milieu du fleuve avant d'obtenir l'autorisation de s'amarrer aux quais du port fluvial. La reprise subite du trafic avait amené un surcroît d'embarcations. Tourangeau s'occupa du déchargement de sa gabare, tandis que Manolo s'inquiéta de retrouver ses compagnons de traversée de l'Atlantique.

Alors que Tourangeau réglait l'embauche d'un équipier pour la remontée, Manolo vient lui annoncer un contretemps. Le départ pour l'Icarie n'avait plus lieu de Nantes, mais du Havre. Quelques kilomètres à parcourir en plus n'étaient pas suffisants pour le rebuter. Celui-ci était tout excité à l'idée de sa nouvelle vie qui l'attendait. Il se sentait renaître. L'heure de se séparer était venue. Tourangeau ne pouvait manquer de profiter de la reprise du trafic. Il lui souhaita, une dernière fois, bonne chance et l'assura de son amitié. Manolo promit de donner de ses nouvelles et réitéra sa proposition.

– Quand je serai en Icarie, bien installé, viens me rejoindre. Je m'occuperai de te faire venir avec ta famille.

– Merci, mon vieux, mais à chacun sa vie, moi, c'est le fleuve !

– Adieu !

– Que Dieu te préserve !

18

Un dimanche de juillet 1849

MALGRÉ L'HEURE MATINALE, il régnait une certaine agitation dans la gare de Tours en direction de Nantes, et plus précisément aux abords des salles d'attente et du quai d'embarquement à destination d'Angers, terminal actuel de cette ligne récemment inaugurée. Un convoi était sur le départ. Une foule bigarrée et bruissante s'activait auprès des wagons, attendant le signal pour se hisser à l'intérieur.

Martin avait convié sa famille et quelques amis à une promenade en chemin de fer. Ils étaient tous là, arrivés bien avant l'heure du départ, impatients et inquiets. Hormis Martin, tous allaient vivre leur premier voyage en chemin de fer. Martin parlait avec tant de talent et de conviction de ce moyen de transport qu'ils ne s'étaient pas fait prier quand celui-ci avait lancé les invitations. Seul, Tourangeau, obstiné avait décliné l'offre. François avait alors manigancé de concilier l'inconciliable : le chemin de fer et le chemin d'eau. C'est ainsi que le projet définitivement arrêté prévoyait le voyage aller jusqu'à Saumur en train et le retour en gabare. *La Confiance* était déjà au lieu de rendez-vous à les attendre.

Il était maintenant temps de monter s'installer dans les wagons. Après un moment d'hésitation, chacun finit par trouver une place à son goût. Valait-il mieux contempler le paysage à main droite ou à main gauche ? Était-il préférable d'être installé dans le sens de la marche du convoi ou à contresens ? L'expérience manquait. En tout cas, une fois son choix établi, plus question de se déplacer durant le trajet. C'était formellement interdit. Les règles de sécurité devaient être observées et le personnel de service appliquait le règlement avec la plus extrême rigueur.

Martin avait préparé avec soin ce voyage. Il avait réservé, à son usage, tout un wagon de première classe. Pour agrémenter le trajet, il avait fait appel à un guide compétent, Ferdinand. C'était un homme érudit et féru d'histoire. Il assumerait le commentaire culturel, tandis que Martin compléterait l'information sur le plan technique.

Les portes des wagons furent fermées par les employés. Le signal du départ fut donné. Le conducteur de la locomotive signala qu'il allait s'engager sur la voie en donnant du sifflet. Les voyageurs étaient quelque peu tendus. Subitement, leur venaient à l'esprit les accidents précédents. Et si, par malheur, ce convoi était frappé ! Le silence régnait. Le train s'ébranla à une allure modérée, à travers un dédale de lignes de fer qui s'entrecroisaient jusqu'à la sortie de la gare. Les wagons avaient perdu leur stabilité. Ils brinquebalaient. Martin rassura son monde. Le voyage serait beaucoup plus confortable. Une fois les aiguillages franchis, ces légers désagréments disparaîtraient. Le convoi retrouverait son équilibre. La locomotive laissa, sur sa gauche, les lignes d'Orléans et de Bordeaux et entreprit une vaste courbe pour s'éloigner de la ville. Sur leur droite, les voyageurs eurent l'impression de voir les habitations reculer. Bientôt, à leur gauche, ils aperçurent le Cher s'écoulant nonchalant. Leur regard ne put se porter au-delà de la levée de terre qui masquait la prairie.

Ferdinand, ayant retrouvé son assurance, fit sa première observation :

– Cette digue qui enserre le Cher et qui est destinée, comme vous le savez, à préserver les habitants des inondations, s'étend sur vingt-sept kilomètres depuis la Roche-Pinard jusqu'à l'embouchure du Cher, au lieu qu'on nomme « le bec des deux eaux » lorsque Cher et Loire ne font plus qu'un.

Le train donna l'impression d'accélérer. Martin précisa que maintenant le convoi avait atteint sa vitesse de croisière, qu'il fonçait à un kilomètre par minute et demie.

Sept arrêts, de une à deux minutes par station, étaient prévus avant d'atteindre Saumur.

Ferdinand l'interrompit, le paysage ne pouvait attendre.

« Nous entrons dans le parc de Plessis-lès-Tours, c'est là que Louis XI se tenait enfermé dans sa forteresse, dont il ne reste que le donjon et un corps de logis, qui a été reconstruit. La tour renferme l'escalier du château. Les rampes en pierre sont fort belles et des ornements d'une précieuse exécution décorent les pendentifs de la voûte... »

Ferdinand, emporté par son érudition, ne se rendait pas compte que certains de ses commentaires n'étaient pas appropriés à une visite qui ne permettait qu'une observation par éclipses, et à distance. Courtois, les auditeurs n'osèrent lui faire remarquer.

« C'est là que le cardinal La Balue resta captif neuf ans, enfermé dans une cage de fer, où il ne pouvait se tenir debout... »

– Quelle horreur !

– Dites-moi, Martin, combien coûte une place dans ce train ?

– Pour aller de Tours à Saumur, en première classe, le tarif est de six francs-soixante, en seconde de cinq francs, en troisième de trois francs soixante-dix.

Le train était déjà entré sur le territoire de Saint-Genouph.

Ce bourg tenait une place particulière dans le cœur de quelques-uns de nos voyageurs. Jeanne, Angèle, Martin avaient vécu là quelques années, juste après la disparition de leur père.

Ferdinand rappela que la commune fut très touchée par la crue de 1846. Les digues avaient été rompues, le bourg englouti sous les eaux et les habitants, réfugiés sur les terres qui avaient tenu, ou sur les toits, avaient été recueillis par des bateaux à vapeur envoyés de Tours pour les sauver.

Le convoi atteignit le Km 14 et la station de Savonnières pour un premier arrêt de deux minutes. Les voyageurs eurent tout loisir d'observer les installations de la gare que Martin décrivit :

« Cette station est isolée du bourg. Elle donne l'impression d'être comme une de ces jolies fabriques, destinées à l'ornement des jardins anglais. À gauche, le bâtiment principal, précédé d'une marquise que soutient une légère charpente en fer, à droite le logement du garde-barrière et la salle d'attente des voyageurs. Ces constructions nous donnent une idée des autres stations de la ligne qui ne diffèrent de celle-ci que par une plus grande étendue quand c'est nécessaire.

Remarquons, en passant, qu'aucun chemin de fer ne possède de stations plus élégantes que celles du chemin de fer de Tours à Nantes.

Pour la sécurité, vous aurez observé que les barrières du passage à niveau demeurent en permanence fermées.

Seul, le garde-barrière est habilité à les ouvrir si une voiture se présente et si aucun train ne risque de passer à ce moment. »

Ferdinand, impatient, voyant que le train allait repartir sans qu'il ait eu le temps de présenter la commune, enchaîna sans attendre :

« *À peu de distance du bourg, on remarque des grottes ou souterrains connus sous le nom de "caves gouttières" L'obscurité qui règne dans ces caves ne permet de les visiter qu'au flambeau. L'eau qui tombe de leurs voûtes forme divers ruisseaux et dépose une chaux carbonatée, blanche et diaphane, qui produit avec le temps une multitude de stalactites.* »

– Sur la droite, au-delà de la Loire, n'est-ce pas le château de Luynes ?

– Oui, c'est cela.

– Et là-bas, n'est-ce pas Villandry, sur la rive gauche du Cher ?

– Ses jardins et ses terrasses sont des merveilles, ne manquez pas de vous y rendre.

L'attraction était déjà ailleurs. Le convoi s'engagea sur le viaduc pour franchir le fleuve. Les voyageurs contemplèrent la Loire, sous un angle inhabituel. La locomotive ralentit et s'immobilisa en gare de Cinq-Mars.

– Regardez, c'est la pile !

– On l'appelle aussi pyramide, en fait c'est un curieux monument, un des plus anciens de la Touraine. On peut dire de cet édifice ce qu'un poète a dit des pyramides d'Égypte : « Sa masse indestructible a fatigué le temps. »

– Sans vouloir vous contredire, mon cher Ferdinand, j'ai eu l'occasion de regarder des gravures représentant les pyramides égyptiennes, elles ont une autre allure. Leurs lignes sont très différentes et beaucoup plus élégantes.

– Dans quel but et par qui ce monument a-t-il été édifié ?

– De longues et savantes dissertations ont été écrites sur ce sujet. Mais aucune solution n'a paru satisfaisante. Cette énigme archéologique demeure entière !

Tandis que Ferdinand répondait aux questions, le convoi était reparti. Il traversait des prairies, se faufilait le long des jardins et des vergers, enserrés entre les rails et le coteau non loin de là. À gauche, la Loire accompagnait les voyageurs, offrant tantôt une vaste étendue d'eau délimitée par des rideaux de feuillages encore verts, tantôt une onde rare se frayant un chemin entre les sables dorés.

Par la fenêtre s'afficha le panneau annonçant le Km 25. L'arrêt dans la station de Langeais provoqua un remue-ménage. Les voyageurs étaient nombreux. Deux minutes d'arrêt, c'était bien peu pour trouver son wagon ou déplacer ses bagages. Dès l'immobilisation des voitures, les gens se précipitaient pour monter sans même laisser le temps à ceux qui interrompaient là leur voyage, de descendre. Aussi entendait-on des « *Ne faites pas partir le convoi, attendez, je descends ici !* » ou bien des « *Arrêtez le convoi, mes bagages sont restés à l'intérieur !* » Le chef de station calmait ses clients, assurait que le convoi ne partirait qu'à son signal, quand tout serait en ordre. Ce qui fut fait.

Martin précisa :

– Le pont suspendu que vous avez aperçu à votre gauche lorsque nous avons abordé la station a été inauguré en mars dernier. Il va probablement entraîner un fort développement de la ville. Avant cette construction, Langeais n'avait pas de communication directe avec la rive gauche de la Loire, alors qu'elle dépend du chef-lieu qui se trouve sur cette rive précisément. Voilà un bel exemple de ce que l'administration est capable de faire ! Maintenant, deux fois par jour, des voitures assurent les correspondances avec la station du chemin de fer et le chef-lieu.

⌇

Le convoi traversa la forêt, marqua un nouvel arrêt au Km 31 à la Chapelle-sur-Loire, puis à Port-Boulet au Km 56. Les invités jouèrent à identifier les cultures qui défilaient sous leurs yeux. Champs de blé, d'orge, d'avoine, de seigle, de maïs, de pommes de terre. Champs de lin, de chanvre. Champs de mûriers. Vergers de pommiers, de poiriers, de pruniers. Arpents de vignes. Oseraies…

Les images se succédaient si vite qu'il fallait être habile pour reconnaître d'un coup d'œil des produits même familiers.

– Il me semble que maintenant je peux ouvrir mon panier ! s'exclama Ferdinand.

– Ah ! Nous allons enfin découvrir ce que vous cachez depuis ce matin !

En gare de Tours, en s'engageant sur le marchepied du wagon, Ferdinand avait été apostrophé par un employé qui, croyant bien faire, avait voulu le décharger de son bagage. Il avait vivement protesté, tenant à assurer lui-même la surveillance de son précieux panier. Avant même cet incident, plusieurs de ses compagnons de voyage s'étaient proposés, par courtoisie, pour le porter, sans succès. S'encombrer d'un panier avait paru à tous saugrenu. D'autant que Tourangeau devait s'occuper du repas. Ferdinand montrant parfois quelque originalité, ils avaient renoncé à se poser des questions. Sa réflexion renouvelait subitement l'intérêt.

Ferdinand souleva le rabat d'osier. Ses voisins immédiats, à l'affût, ne virent qu'un linge blanc. Ferdinand l'écarta et dévoila bouteilles et verres à pied. Il essuya avec soin chaque verre de cristal, les fit tinter et distribua les précieux objets.

– Oui, mesdames et messieurs, j'ai pensé qu'il serait convenable d'agrémenter le voyage d'une dégustation des crus des terroirs que nous allons traverser. J'espère que les soubresauts de ce train n'auront pas gâté les bouteilles. Commençons donc par un Saint-Nicolas-de-Bourgueil. Tenez, cher ami, ayez l'amabilité d'ouvrir cette bouteille.

– Ferdinand, voyagez-vous toujours avec une douzaine de verres de cristal ? Vous êtes véritablement incroyable !

– Ma chère amie, répliqua Ferdinand à la femme du président du tribunal, dans un tilbury c'est beaucoup moins commode. Martin m'avait tellement parlé du confort des voitures que j'ai pris ce risque.

Lorsque le train s'arrêta à Varennes, le chef de gare ne fut pas le moins surpris d'observer les occupants du wagon trinquant entre eux. Il fut tenté d'aller y voir de plus près, mais lorsqu'il reconnut Monsieur Martin, il se fit discret et remplit, avec zèle et autorité, son rôle sur le quai. Nul doute, ce convoi emportait des personnages officiels. Il valait mieux ne pas déranger et faire bonne impression dans son travail.

Cette dégustation redonna de la voix à Ferdinand.

– C'est ici, à Varennes, que nous entrons en Maine-et-Loire, l'ancienne province d'Anjou.

Martin présenta la station de Saumur qu'ils allaient atteindre, terminus de leur voyage, et dévoila la suite du programme.

– La gare se trouve sur la rive droite de la Loire. Nous allons emprunter le pont pour nous rendre dans la ville. Là, sous la conduite de Ferdinand, les femmes iront visiter l'église de Nantilly, dont une partie des murs intérieurs sont couverts de tapisseries du XIVᵉ qui représentent l'histoire de la Vierge et la prise de Jérusalem. Les hommes se rendront à l'école de cavalerie. Tourangeau nous attend là-bas. Ensuite, nous nous retrouverons pour déjeuner sur *La Confiance*. Elle est amarrée à l'Île d'Or.

Devant la caserne, Tourangeau discutait en compagnie d'un officier qui avait été affecté pour servir de guide. La visite débuta dès l'arrivée du groupe, la journée étant chargée.

« – *L'école de cavalerie fut construite dans la seconde moitié du* XVIIIᵉ, *pour le régiment des cara-*

biniers qui, pendant vingt-trois ans, de 1763 à 1786, tint garnison à Saumur. Cette caserne, ou plutôt ce palais, situé à l'ouest de la ville, entre la Loire et le Thouet, a sa principale façade exposée au nord. Les constructions se composent d'un vaste corps de logis s'étendant de l'est à l'ouest et des extrémités desquelles partent, en retour d'équerre, les ailes qui donnent à l'ensemble du bâtiment la forme d'un "H". Les ailes, comme le corps de logis principal, présentent quatre étages, y compris le rez-de-chaussée et les logements pratiqués dans les combles. Ce bâtiment peut contenir mille deux cents hommes.

– La vaste esplanade qui s'étend devant la caserne et qu'on nomme communément le Chardonnet était autrefois plantée d'ormeaux. Autour de cette place ont été construits une écurie pour huit cents chevaux, le magasin à fourrage, le magasin à poudre et le manège qui a été réédifié récemment.

– Avec quelle magnificence ! ajoutèrent les visiteurs.

– Je ne connais pas de plus beau manège, commenta lui-même l'officier. L'école de cavalerie de Saumur doit son origine aux carabiniers. Les officiers de ce corps d'élite ayant fait construire un manège en 1763, cette circonstance détermina le ministre à

transférer, à Saumur, l'école de cavalerie de la Flèche et dès l'année 1767, il fut ordonné à tous les régiments de cavalerie d'envoyer à Saumur quatre officiers et quatre sous-officiers. En 1783, on fonda à l'école un cours d'hippiatrie. En 1792 ou 1794, l'école de Saumur fut supprimée, au moment précisément où la guerre allait rendre si nécessaire l'instruction que la cavalerie recevait de cette institution. Elle n'a été rétablie qu'en 1814, par ordonnance de Louis XVIII. Après diverses vicissitudes, diverses réorganisations qui ont failli plus d'une fois entraîner sa ruine, l'école de Saumur est sortie victorieuse de ces épreuves. C'est aujourd'hui la plus belle, la plus complète académie d'équitation qui existe en Europe. »

Après avoir observé quelques minutes chevaux et cavaliers évoluer dans l'enceinte du manège, les visiteurs furent convaincus de l'excellence du travail réalisé. Jamais ils n'avaient vu des chevaux exécuter avec tant de minutie, tant de précision, des exercices sous la conduite d'un cavalier qui affichait une maîtrise parfaite de l'animal et qui semblait, avec évidence, faire corps avec lui. Les chevaux qui travaillaient n'avaient rien de l'animal poussif, fatigué, ayant renoncé à faire preuve de caractère vis-à-vis du cavalier. Ils étaient fringants, sémillants, impétueux. L'admiration des visiteurs fut encore vive lors des présentations collectives.

Un métronome invisible semblait ponctuer les mouvements des chevaux et des cavaliers. Le synchronisme était parfait. Si, de temps à autre, quelques hennissements n'avaient troublé le silence du manège, si quelques naseaux n'avaient laissé s'échapper de la vapeur d'eau, on aurait oublié l'animal vivant pour ne voir qu'une mécanique en action.

Les visiteurs étaient impressionnés et séduits. Eux qui avaient eu l'occasion d'approcher des chevaux, de mener quelques attelages, percevaient combien ces pur-sang étaient difficiles à dresser. Bien que les commentaires soient élogieux, l'officier pria les visiteurs d'excuser les cavaliers pour leurs imperfections.

– Il ne s'agit pas d'une présentation officielle. Chevaux et cavaliers s'exercent. Ils ont besoin de s'améliorer encore. Vous savez, notre travail est parfois décourageant. Nous visons un objectif que nous ne pourrons jamais atteindre : la perfection.

∿

En fin de matinée, tous se retrouvèrent à l'Île d'Or. Tandis qu'ils échangeaient des commentaires sur leurs visites respectives, Ferdinand ouvrit une bouteille de Champigny sec, histoire de se mettre en appétit.

Tourangeau s'activait dans sa cabane. Pour le déjeuner, il avait d'abord songé à commander les repas à l'auberge voisine, puis se ravisant, il avait jugé préférable de les préparer lui-même. Puisque famille et amis voulaient apprécier de près la Loire et vivre un instant sur *La Confiance*, autant goûter les mets habituellement préparés à bord.

Ainsi, depuis le matin, Tourangeau était installé à son fourneau. Il ne l'avait abandonné que le temps de la visite de l'école.

Lorsqu'ils furent tous confortablement installés à bord, Tourangeau commença le service. D'abord, une friture de Loire achetée le matin même, alors qu'elle sortait, pièce par pièce, des eaux du fleuve. Puis des escargots farcis, qui dégorgeaient depuis plusieurs jours dans la bourriche. Dans un vivier, il avait trouvé le saumon cuisiné au beurre blanc, qui constituait le plat principal. Sur le coteau, il avait acquis des fromages de chèvre. Il avait préféré des chèvres frais, qu'il avait battus et dans lesquels il avait ajouté des fines herbes. Par cette chaleur, c'était plus agréable à consommer qu'un chèvre sec. Le dessert avait été cueilli dans les bouchures des chemins par des gamins qu'il avait dépêchés, contre la promesse de quelques pièces. La récolte des baies avait été mise à macérer dans un rouge des coteaux de Saumur.

– Tourangeau, votre pique-nique vaut bien quelques repas de grande table. Les mariniers ont toujours su apprécier la vie. Tenez, savez-vous, dit Ferdinand, qu'il existait à l'endroit même où nous nous trouvons, sur l'Île d'Or, une espèce de république de mariniers et de pêcheurs « francs de taille et de subsides », dit l'historien de Saumur.

Ce peuple hardi et actif, aux formes robustes et souvent athlétiques qu'il a conservées jusqu'à nos jours – il n'y a qu'à regarder Tourangeau pour s'en convaincre –, vivait sans soucis sur les eaux de la Loire et de la Vienne, qui étaient devenues le patrimoine et le domaine de ces familles. On entrait avec peine dans cette association de travailleurs, mais une fois admis, on y comptait autant de frères qu'il y avait de membres de la société. Cette république avait un chef, un roi, élu par elle, qui veillait sur les droits de chacun, jugeait les querelles, conciliait les différends, et en dernier ressort, déposait la question aux pieds du suzerain, le bon roi René d'Anjou. Cette île avait reçu le nom de l'Île d'Or, sans doute pour exprimer le bonheur dont jouissaient ses habitants. On donna à l'association tantôt le nom de « République de l'Île d'Or », tantôt celui de « République de Faronelle », du nom de celui qui fut le premier président ou roi. Ce Faronelle, ce doge à la tête d'une Venise miniature, fit les honneurs de l'Île d'Or à la belle Marguerite d'Anjou, fille du roi René, qui l'avait fait prévenir de son arrivée. Faronelle remonta avec une flottille d'honneur le cours de la Loire jusqu'au château de Vignolles, où se trouvait cette jeune princesse, que le peuple insulaire nommait la « reine de la Loire ». Marguerite se confia aux républicains de l'Île d'Or et assise près de leur roi, dans une barque ornée de riches draperies, elle redescendit, au milieu de ce cortège populaire, le cours du fleuve.

– Encore une république qui aura vécu !

– Nous n'avons pas de temps à perdre maintenant, il nous faut quitter Saumur.

– Mon cher Tourangeau, comme la reine Marguerite, nous nous en remettons à vous.

～～

La nonchalance s'installa très vite à bord. Le vin, la bonne chère, le soleil, le glissement de la gabare sur l'eau, le paysage calme et paisible, tout contribuait au repos du corps et de l'esprit. Sur le coteau sud, les moulins avaient de la peine à trouver suffisamment de vent pour mettre en branle leurs ailes.

– Savez-vous qu'ils ont joué un rôle important durant la chouannerie ? observa Ferdinand. La position de leurs ailes était un signal.

Les invités étaient en admiration devant la dextérité de Tourangeau, sa capacité d'évaluation des vents, des courants, sa force physique… Les commentaires élogieux ne le troublaient point. S'il avait été fanfaron, il aurait ajouté que le temps était calme, qu'il s'agissait de tout autre chose lorsque la Loire charriait des glaçons, lorsqu'elle regorgeait d'eau, dissimulant des milliers d'obstacles, lorsqu'elle était agitée par des vents tournoyants, lorsque…

Mais, pourrait-il jamais leur raconter, leur transmettre ses peurs, ses joies…

À la vue du château de Montsoreau, Ferdinand retrouva la force de faire un commentaire :

– J'ai vu cent fois ce château de la terre, aujourd'hui de la Loire. Une double impression m'envahit. Harmonie sévère et menaçante de la forteresse accrochée au rocher alors que s'agglutinent autour d'elle les maisons des villageois… et reflet triste et langoureux de la bâtisse, sur les eaux du fleuve. Ah, ces murs ont étouffé bien des plaintes : ce château fut longtemps la demeure des brigands qui exercèrent une piraterie incessante sur les mariniers. Les seigneurs de Montsoreau perçurent un droit de péage sur la Loire jusqu'en 1631. Richelieu le supprima sur la demande des mariniers. Vous voyez, Tourangeau, que parfois vous êtes entendus !

– Qu'est devenu le château, est-il habité aujourd'hui ?

– Il appartient à plusieurs propriétaires qui y ont établi une sorte d'entrepôt de marchandises. Voilà comment finissent quelques fleurons de notre patrimoine !

– Juste à côté, le clocher que vous apercevez, qui surplombe le village, c'est Candes-Saint-Martin. C'est là que mourut Saint-Martin, en l'an 400.

– Savez-vous d'où vient le proverbe : « Entre Candes et Montsoreau, il ne paît ni brebis ni veau ?

– Dites-nous ?

– Les bourgs de Candes et Montsoreau sont si rapprochés qu'ils se touchent. Entre les deux communes, pas le moindre champ.

– D'où vient que la gabare semble peiner à avancer subitement ?

– Nous approchons de l'embouchure de la

Vienne. Voyez, ses eaux déboulent à main droite. Les deux courants se renforcent et *La Confiance* est ralentie. Je vais m'écarter de la rive gauche et longer l'îlot là-bas au nord. Si vous demeurez immobiles et silencieux, peut-être aurez-vous le plaisir d'apercevoir des hérons. Ils aiment se réfugier là, car cette île qui n'est pas entretenue leur offre un abri sûr. Malheureusement, les vapeurs font un bruit d'enfer en abordant l'embouchure, ils poussent les chaudières pour vaincre les courants et ils les font fuir. Les oiseaux cherchent des endroits plus calmes.

∿

L'île était fortement boisée. Saules, chênes, peupliers se partageaient les étages, tandis que ronces et vasières occupaient les parties basses. Sur les grèves qui prolongeaient l'île, des herbes folles avaient poussé, offrant des abris sûrs pour la ponte des milliers d'oiseaux migrateurs venus passer l'été sur les rives de la Loire.

∿

À l'extrémité de la grève, dans un recoin masqué du chenal par un amoncellement de branchages, deux hérons se tenaient immobiles, les pattes dans l'eau. Comme Tourangeau l'avait indiqué, la vue de la gabare ne les effraya point. Ils demeurèrent raides sur leurs pattes comme deux bêtes empaillées qu'un naturiste aurait mises en scène dans un décor.

– Ce n'est point parce que nous ne passerons pas par Chinon qu'il faut nous priver de goûter son vin. Martin, prenez donc dans mon panier une bouteille et, sans vous commander, servez-nous !

– Je propose de boire à la santé de Rabelais, ici même, c'est le moins que l'on puisse faire.

À quelques kilomètres de là, Tourangeau dut faire une escale pour satisfaire aux sollicitations de Ferdinand. Il connaissait un boulanger qui passait pour un maître de la fouace. Pas question de ne pas s'approvisionner au passage. Ferdinand acheta également un pot de confiture de mûres, la fouace seule ayant un goût fade à son gré.

Tourangeau houspilla son monde. À ce rythme, on ne verrait pas Tours ce soir.

– Ne sommes-nous pas en promenade, Tourangeau ?

– Sans doute, mais vous risquez de dormir une nuit à la belle étoile.

– Tant mieux, nous allons vivre l'aventure jusqu'au bout !

– Vous parlez pour vous-même, Ferdinand.

Pensez qu'il y a des femmes, ici.

– Croyez-vous que cette éventualité nous effraie ? répliqua Jeanne. Cette journée est si agréable que je ne suis pas pressée de la voir finir. Ce matin, nous avons découvert ce pays du chemin de fer, cet après-midi nous l'observons depuis le fleuve. L'un nous a entraînés à vive allure, l'autre prend son temps, nous permet de contempler à loisir, de respirer des senteurs oubliées, de regarder à distance des paysages, des bâtisses que nous ne voyons plus, à force d'avoir les yeux dessus. Je ne comprends pas cette rivalité entre le chemin de fer et le chemin d'eau. Ne pourraient-ils pas coexister ? Ne sont-ils pas complémentaires ? N'est-ce pas le bon sens ?

– Jeanne, le bon sens n'a malheureusement rien à voir là-dedans. Seuls les intérêts financiers priment. Mais ne gâchons pas cette journée par des haricot'ries. Contentons-nous de jouir du spectacle. Peut-être, avant longtemps, ne pourrons-nous plus le faire !

– Regardez là-bas, Tourangeau ! N'est-ce pas un rapace qui chasse ?

– Si, et sur la grève, cette colonie d'aigrettes qui se désaltèrent se préoccupe bien peu de nous.

19

Un jour, une lettre en provenance de la Nouvelle-Orléans arriva. Sa lecture provoqua la consternation. Manolo avait rencontré bien des embûches sur son chemin vers une Icarie paradisiaque. Tous éprouvèrent amertume et révolte. S'ils ne croyaient guère en l'avenir de cette Icarie, si souvent évoquée par Manolo, au moins escomptaient-ils qu'il pourrait tenter l'expérience.

François proposa de publier la lettre dans son journal afin de porter à la connaissance de tous les candidats au voyage l'épilogue dramatique qu'ils risquaient de vivre. Mais était-ce suffisant? Certes, éviter que de futurs aventuriers vivent une tragédie n'était pas négligeable, mais il fallait également apporter une aide directe à

Manolo. Son témoignage était édifiant. Personne ne songeait à le blâmer. La société laissait si peu de place à l'initiative que ceux qui avaient le courage de prospecter d'autres voies inspiraient le respect plutôt que la condamnation.

Après plusieurs jours de réflexion, après maintes tergiversations, ils convinrent d'une procédure. Ils imaginèrent d'entrer en relation avec tous les armateurs de Nantes qui commerçaient régulièrement avec l'Amérique. Par ce biais, chaque équipage en partance pour la traversée de l'Atlantique recevrait pour mission de retrouver Manolo et de le ramener en terre de France. En accompagnant cette recommandation d'une promesse d'un fort dédommagement, un espoir subsistait de le revoir un jour. Cette méthode serait sans doute plus efficace que celle que Tourangeau avait défendue, dès les prémices de la discussion. Partir seul à sa recherche, c'était s'ouvrir moins de perspectives encourageantes, même si l'idée de s'en remettre à soi plutôt qu'aux autres était plus rassurante.

Qui, de la famille, allait se charger de ces démarches ? Tourangeau et Benjamin étaient pris par l'établissement de bains. Ce n'était pourtant pas l'envie qui manquait à Tourangeau de remuer ciel et terre pour retrouver son ami. Les femmes étaient absorbées par le magasin. Il fallait songer à la saison d'hiver.

François et Martin avaient un calendrier chargé ! Louis-Napoléon Bonaparte devait inaugurer la ligne de chemin de fer Angers-Tours. François assurerait le compte rendu pour son journal. Martin avait la charge de veiller aux préparatifs de la réception et de surveiller l'exécution des derniers travaux, qui devaient être achevés pour le jour fatidique.

À la réflexion, l'un et l'autre ne montraient guère d'enthousiasme à la perspective de cette visite officielle. Martin attachait plus de prix à contempler le travail réalisé par son équipe, à la satisfaction manifestée par les voyageurs qui empruntaient la ligne, qu'à la reconnaissance éphémère qu'apporterait une visite officielle, fut-elle présidée par Louis-Napoléon Bonaparte. François, quant à lui, préférait consacrer son talent à d'autres articles qu'à faire l'éloge de l'hôte de la ville. Les acclamations qui accompagneraient son passage étaient déjà connues. Toutefois, l'unanimité n'était pas acquise. Certains rêvaient d'entendre : « Vive Napoléon ! » D'autres espéraient : « Vive l'Empereur ! » ou, à la rigueur, « Vive le Président ! »

Après tout, une affaire de famille importante à régler et qui obligeait à un déplacement n'offrait-elle pas, fort à propos, un excellent prétexte pour ne pas assister à cette cérémonie ?

Arriverait-il à convaincre la direction du journal ? François assura y parvenir. Martin affûta ses arguments pour vaincre les réticences des administrateurs.

Avant leur départ, la lettre de Manolo parut dans le journal d'Indre-et-Loire.

13 mars 1849. Nouvelle-Orléans

« Je vais t'écrire à mon aise, maintenant que l'oppression de Cabet ne pèse plus sur moi. La première avant-garde a complètement échoué. Je vais te dire, selon moi, ce qui en fut la cause. C'est que la communauté est impraticable ; si la théorie est belle et séduisante, la pratique est hideuse. Il n'y a rien de plus contraire aux tendances de l'homme… et moi qui l'ai cru praticable ! Je m'aperçois trop tard que j'étais dans l'erreur ; voilà quelles sont mes pensées aujourd'hui sur le communisme ; maintenant je vais te mettre au courant de ce que j'ai vu et fait depuis mon départ.

« Parti du Havre, la traversée fut bonne pour le temps, mais ce qui regarde l'émigration commença à me faire ouvrir les yeux. D'abord au Havre, Cabet, la veille du départ, nous fit signer un engagement

par lequel nos lettres passeraient par son bureau, ce qui veut dire sa censure. Juge de mon étonnement, moi qui cherchais la liberté ! Cependant, Cabet me fit membre du conseil à bord. Étant en mer, je m'aperçois que ce qui était nécessaire manquait et que nos vivres étaient presque tout pourris, ce qui venait de l'imprévoyance ou de la complicité des agents. Il y eut quelques chicanes entre les communistes des deux sexes ; en commençant, j'attribuais ces choses au choc des caractères de tant de personnes ne s'étant jamais vues et venant de tous les points de France ; mais erreur, le mal alla de pis en pis. Enfin, après des privations immenses, nous arrivons à la Nouvelle-Orléans après 39 jours de navigation.

« En arrivant, nous croyons partir pour cette Icarie, mais non. Les avant-gardes étaient à la Nouvelle-Orléans avec le départ du Brunswick, tous empilés dans une grande maison, et le choléra à la Nouvelle-Orléans.

« Tu dois juger de mes craintes pour nous tous. J'apprends qu'il y avait déjà division et que Layaux, qui était de la première avant-garde, était l'un des dissidents : il avait travaillé avec moi à Tours. Comme c'était mon ami, je le cherche et finis par le trouver. C'est alors qu'il me met au courant de la conduite de Cabet à leur égard ; d'abord, il les avait fait partir du Havre 69 avec 12 000 F, tandis qu'ils

avaient fourni, eux 69, une somme de 64 000 F Ensuite, il avait pris l'engagement de leur envoyer un renfort sous un mois ou deux au plus. Eh bien, tu aurais peine à croire qu'il les a abandonnés 6 mois sans nouvelles et sans ressources ; c'est alors que sans argent et sans crédit, les vivres leur ayant manqué, ils se sont vus forcés, plusieurs, pour ne pas mourir de famine, de se nourrir de cactus. Enfin, brisés par les fatigues et les privations, ils sont tous tombés malades. La deuxième avant-garde est arrivée un mois après eux, mais tous malades et avec 2 000 F ; ils ont résolu de battre en retraite ; ils avaient à faire pour arriver à Shrewport, non 60 lieues comme disait Cabet mais 130. Depuis cette époque, il en est mort une vingtaine, le reste toujours malade et mal soigné.

« Une fois au courant des affaires, j'ai pris des renseignements qui m'ont confirmé tout ce que j'avais appris. De ce jour, le bandeau est complètement tombé de dessus mes yeux ; c'est alors que j'ai demandé l'état des comptes ; on m'a répondu que quand le gérant serait là, il les rendrait. Nous apprenons bientôt qu'il (Cabet) est arrivé à New York, que la peur de mourir du choléra l'y retient et qu'à notre tour, il nous abandonne comme la première avant-garde.

« Étant plusieurs réunis au-dehors, nous jugeons que si Cabet ne nous donne pas de preuves satis-faisantes de son retard, nous le déclarerons lâche

et traître envers nous tous. Pendant ce temps, la communauté avait pu produire ses effets; les uns ne font rien pendant que les autres travaillent; il y a des gourmands qui se glissent partout en rampant, des voleurs qui remplissent leurs poches aux dépens des autres; tu peux penser ce que tout ce pêle-mêle avait déjà produit. C'est alors que Cabet arrive; nous lui demandons une assemblée générale, ce qu'il accorde. Profitant du moment, nous lui demandons, lui, le grand Cabet, à répondre à ses adeptes, comme un petit garçon; cela dura trois longues soirées pendant lesquelles il essaya de pleurnicher pour nous attendrir, ce qui fut inutile. Ne nous ayant répondu que d'une manière évasive, nous l'avons déclaré publiquement lâche et traître, premièrement envers la première avant-garde qu'il a abandonnée pour satisfaire son ambition politique, deuxièmement, envers nous qu'il a craint de venir trouver avant que le choléra ne fût passé. Depuis ce jour, il leva le masque; il a mis tout son despotisme en saillie. Mais le bon nombre lui résista avec fierté et une protestation (dont je suis signataire) publiée dans Le Courrier de la Louisiane *lui a répondu. C'est alors que sur 325 personnes parties de Paris pour l'Icarie, il ne lui en restait que 85; nous nous sommes tous retirés de l'oppression de cet homme qui avait su attirer notre estime par ses écrits, et qui mérite tant notre* mépris par sa conduite. La première avant-garde était composée d'hommes de foi et de dévouement sans bornes : si Cabet les avait imités, il aurait pu faire non la communauté, car c'est une erreur, mais une colonie où chaque émigrant eut été heureux et indépendant par son travail. Enfin, il est arrivé depuis toutes ces affaires deux navires chargés d'Icariens et le tout à peu près a déserté Cabet ; d'environ 200 où ils vont, les uns avec espoir de recouvrer leurs fonds, les autres sont des gens qui craignent de mourir de faim, ne comptant que sur l'argent qui reste à Cabet et n'ayant pas le courage de travailler pour vivre : car il y a des paresseux de premier ordre. Depuis que je suis débarrassé des idées communistes, j'aime mon pays et je désire le revoir. »

20

Deux années s'étaient écoulées. Ils n'avaient eu aucune nouvelle de Manolo. Ils conservaient malgré tout l'espoir de le revoir. Ils avaient gardé de lui le souvenir d'un homme d'une vitalité exceptionnelle. Là où pour tout un chacun, survivre eût été impossible, lui pouvait réussir.

Angèle et François s'étaient mariés. Le jeune couple s'était installé dans un de ces nouveaux hôtels confortables qui s'étaient édifiés sur le mail Heurteloup. La boutique continuait d'attirer clientes et clients, suscitant des envieux, provoquant la concurrence. La formule commerciale fut imitée. Benjamin remplissait avec bonheur sa mission de prospecteur et de négociateur. Il s'était pris au jeu des affaires. Son goût des voyages,

contracté à bord de *La Confiance*, trouvait là à
s'exprimer à loisir.

~~~

D'un commun accord, Tourangeau et Benjamin avaient cédé l'établissement de bains.
Cette activité saisonnière avait été d'un grand
secours. Benjamin avait maintenant trop à faire
pour consacrer le temps nécessaire à son fonctionnement. Tourangeau avait participé à cette
entreprise pour permettre à son fils de trouver son autonomie. Il n'était pas suffisamment
motivé pour continuer en compagnie d'autres
collaborateurs.

~~~

Libéré, Tourangeau se consacra avec obstination à son travail de marinier. Une année
moyenne, une autre désastreuse, la marine de
Loire évoluait en dents de scie. En 1850, le tonnage du port de Tours s'était élevé à 170 000
tonnes. L'année suivante, il avait chuté à 156 858
tonnes. L'année 1852 s'annonçait meilleure.

~~~
~~~

Certains allaient jusqu'à s'imaginer que le plus dur était derrière. Que l'engouement du chemin de fer passerait! Que le prix damerait le pion à la vitesse! Que le savoir-faire des mariniers s'imposerait à nouveau auprès de la clientèle.

Seulement, voilà, comme en tout domaine, il y avait des mariniers consciencieux et d'autres moins. Certains se donnaient en spectacle, laissant derrière eux l'image d'hommes plus souvent enivrés de vin que de vapeurs distillées par le fleuve, plus à l'aise à chevaucher quelques futailles qu'à se hisser au sommet d'un mât oscillant. Cette image devait s'estomper au profit d'une autre plus valorisante. Celle d'hommes solidaires, d'hommes courageux, d'hommes responsables d'un chargement, d'un équipage… Des hommes qui enseigneraient aux nouvelles générations le respect du fleuve, des hommes qui perpétueraient l'amour du travail bien fait, des hommes qui s'exprimeraient d'une même voix pour réclamer un renforcement des équipes de balisage, pour exiger des ports modernes, des quais fonctionnels et en bon état…

Plus les difficultés étaient grandes, plus cette dimension professionnelle, essentielle aux yeux de Tourangeau et de ses amis proches, était mise à mal.

Pour l'heure, les mariniers avaient retrouvé leur rôle éminent dans la cité. La population faisait fi provisoirement des difficultés quotidiennes et s'apprêtait à vivre les grandes fêtes de fin d'été, prévues les 10, 11, et 12 septembre 1852. Le programme, élaboré avec soin, était susceptible de convenir à tous. Courses de chevaux les 10 et 11 sur l'hippodrome du Menneton ; le 11, inauguration de la statue de Descartes, érigée sur la nouvelle promenade de la place de l'Hôtel-de-Ville. Mais c'étaient les fêtes nautiques, très spectaculaires, qui étaient les plus attendues. À chaque fois, une foule impressionnante se rassemblait pour suivre les compétitions amicales et les divertissements. Il y avait d'abord les régates au cours desquelles toutes les frêles embarcations s'affrontaient ; canots, yoles, toues, et surtout les périssoires, barques longues et étroites, à la stabilité si incertaine que le spectacle était assuré dès leur entrée en lice.

Pour la suite du divertissement, le metteur en scène n'avait pas manqué d'ambition. Il annonçait un combat naval avec bombardement et prise d'un fort. L'intendance et les figurants devaient être nombreux, aussi tous les mariniers et leurs familles avaient-ils été sollicités ainsi que la compagnie de sauvetage, les militaires du 23e régiment et les élèves de marine de la colonie de Mettray.

Tourangeau était l'un des principaux maîtres d'œuvre des régates. Marie, Jeanne, Angèle, Benjamin s'activaient sans compter pour prévoir, dans les moindres détails, l'organisation. Martin, membre de la société des concerts, avait œuvré pour faire entendre, à Tours, une œuvre qui l'avait séduit et qu'il avait écoutée lors d'un voyage.

Angèle, François, Martin s'étaient rendus au concert qui marquait l'ouverture des fêtes. Après avoir joué diverses pièces musicales dont l'ouverture de *Guillaume Tell* de Rossini, le concert s'acheva par l'œuvre dont Martin avait décelé la nouveauté : le *Sextuor pour six violoncelles avec contrebasse* exécuté, entre autres, par l'auteur, Monsieur Offenbach.

Les acclamations du public furent délirantes. Dans les foyers du théâtre, les invités échangèrent leurs impressions.

– La musique de Monsieur Offenbach provoque un emballement !

– François, quelle sera votre critique dans votre prochaine édition ?

– Favorable, sans nul doute.

– Pourquoi ne pas nous en donner la primeur ? Allez-y, improvisez !

– Vous me demandez de me livrer à un exercice périlleux.

– Vous êtes de taille à affronter cette difficulté.

⁓⁓⁓

François se concentra quelques instants, puis…

« – Si rien n'est plus fastidieux qu'une flûte, excepté deux flûtes, par compensation rien n'est plus beau qu'un violoncelle, excepté deux, et depuis l'audition du Sextuor *d'Offenbach, nous dirons excepté six violoncelles…*

À force de vouloir être original, on est parvenu à faire de l'originalité une copie souvent pâle et sans mérite. Aujourd'hui, c'est l'audace seule, couronnée de succès, qui constitue ce qui, autrefois, faisait l'originalité.

S'emparer d'une pensée neuve, la dépouiller de toutes les aberrations auxquelles elle expose celui qui s'en empare, se montrer savant, sobre et hardi, voilà ce qui constitue un talent original et supérieur. Monsieur Offenbach, disons-le sans hésitation, a résolu ce problème. Laissons de côté l'enthousiasme produit par le public, les applaudissements plus ou moins sérieux ; ne considérons que l'œuvre elle-même. La première condition pour mettre à exécution une idée ainsi conçue est celle de connaître toutes les ressources non seulement de l'instrument en question, mais de l'art musical en général. Par la disposition successive et savante des effets, par la sobriété des traits, et le brio de maints passages habilement préparés, Monsieur Offenbach a largement répondu à toutes les objections qui, sous ce rapport, pourraient s'élever contre son œuvre. Considérons ensuite l'inspiration véritable qui caractérise chaque note de cette composition, la grâce de l'accompagnement, la largeur du chant, l'imposante supériorité du passage final, et en dernier lieu, l'émotion profonde des assistants, et nous pourrons pleinement applaudir à la conception d'une œuvre si supérieurement terminée. »

– Penses-tu avoir la même inspiration pour rendre compte de l'inauguration de la statue de Descartes ?

C'était Ferdinand qui s'était approché du groupe et qui interpellait ainsi François.

– Ne compte pas sur moi pour aller écouter un discours insipide ! D'ailleurs n'es-tu pas le mieux placé auprès des membres de la Société archéologique ?

– Mon cher ami, dans le journalisme, on ne fait pas que des choses agréables, mais d'accord, j'assisterai à l'inauguration à une condition, toutefois !

– Laquelle?

– Donnant, donnant, je vais aux courses.

– Je te concède les courses mais pour les fêtes nautiques, nous ne serons pas trop de deux.

– Angèle, je vous enlève François quelques instants… Allons saluer ce Monsieur Offenbach et essayons d'en savoir plus. Un homme qui soulève un tel enthousiasme dans une salle de concert, où généralement les bâillements et les soupirs se disputent, m'impressionne.

21

« Desmoulin est-il ici ? Où se cache-t-il ? »

Le brouhaha dans la taverne cessa avec la rapidité de pénétration d'un éclair dans l'air. Tous les regards convergèrent vers l'homme qui venait d'interrompre conversations, parties de dés, rires, en apostrophant la salle. Chacun savait que Desmoulin était attablé là et que, dans quelques secondes, l'homme allait le découvrir inévitablement. Ne cédant pas au plaisir toujours renouvelé d'assister à un pugilat auquel elle serait peut-être conviée à participer, la salle fut gagnée par le réflexe de protection de l'un des siens. L'homme avait l'air menaçant.

– Que lui veux-tu ?

Un commerçant installé à l'opposé de l'endroit où se tenait Desmoulin lança la question, faisant ainsi reculer l'échéance où l'homme recherché serait démasqué.

– Ce saligaud a arraché mon oseraie sur l'île de Gevrioux !

Desmoulin, qui n'était pas pleutre, rétorqua sans plus attendre :

– Menteur !

– Menteur toi-même ! L'équipe peut le confirmer. Les osiers étaient plantés au-delà de la grève. Tu as annexé à ton profit une quarantaine d'ares. Tu ne manques pas de toupet ! Je suis là pour faire respecter les textes des concessions, moi. Je ne me laisse pas graisser la patte comme certains.

– Dites donc, vous autres, vous n'avez pas toujours eu autant de scrupules !

– Qu'est-ce que tu insinues ? Les mariniers n'ont pas à recevoir des leçons d'honnêteté de culs-terreux comme toi !

Les deux hommes s'étaient rapprochés l'un de l'autre, prêts à s'empoigner. Des hommes les écartèrent et s'interposèrent pour éviter la bagarre.

– Il n'a fait que son travail. D'ailleurs, si vous ne voulez pas qu'on arrache vos plantations, vous n'avez qu'à vous tenir dans les limites des concessions. Si on vous laisse faire, vous allez bientôt annexer tout le fleuve, comme si les îles, les grèves ne vous suffisaient pas !

– Encore un peu de patience. Bientôt, vous pourrez combler le fleuve et prendre vos aises. Vous étendrez vos oseraies d'une rive à l'autre. Avec le sort qu'on nous réserve, à nous autres mariniers…

– Attends voir, ce n'est pas pour demain !

– Dommage !

– Ne comptez pas sur nous pour vous faciliter la tâche !

– Si vous voulez la bagarre, vous l'aurez !

– Vous n'aurez pas que les culs-terreux, comme vous dites, en face de vous, vous aurez les meuniers, les pêcheurs et d'autres encore…

– Parlons-en des meuniers et de leurs satanés moulins à eau ! Pas plus tard qu'hier, il y en avait un installé sous une arche batelière. Il refusait de déguerpir, arguant qu'il n'y avait pas suffisamment d'eau ailleurs. J'ai bien failli sacrifier *La Belle Louise*, et le couler. Au point où on en est ! Dame, j'étais prêt à le faire.

– À vous entendre, vous seuls avez le droit d'utiliser le fleuve. Vous seuls avez le droit d'en tirer profit.

– Parlons-en des bénéfices. Ton osier te rapporte plus que mon commerce.

– Et nous les riverains ! Est-ce que quelqu'un se préoccupe de notre sort ? Nous sommes juste bons à subir les inondations, les puanteurs, le choléra, les fièvres…

– Bien ! Il semble que tout le monde soit d'accord pour vouloir notre disparition.

Toute la taverne prenait maintenant part à la discussion. Chacun faisait prévaloir son intérêt. Ils étaient repartis dans une de ces chamailleries habituelles, au cours de laquelle ils se déchiraient, s'apostrophaient, s'invectivaient, allant parfois jusqu'à se battre, les muscles ayant vocation à départager les points de vue quand les arguments verbaux se révélaient insuffisants. La plupart du temps, ils se raccommodaient rapidement. Ils avaient besoin les uns des autres.

La nouvelle tomba au milieu de cette joyeuse pagaille. Le prince Louis-Napoléon avait décidé une autre visite officielle aux habitants de Tours. C'était vraiment beaucoup d'honneur.

⁓⁓

L'objet de la querelle dévia. Il y eut bientôt deux camps. Ceux qui louaient le bienfaiteur du peuple et se réjouissaient de sa nouvelle visite. Ceux qui, un sourire narquois aux lèvres, ne voyaient là qu'une manœuvre pour servir son intérêt propre. Ils allaient à nouveau s'affronter.

– Moi, j'ai une proposition à faire, lança Tourangeau. Profitons de cette visite pour le mettre à l'épreuve. De plus, nous aurons là l'occasion de savoir qui de nous a raison.

– Comment ça ?

– C'est très simple. Nous allons lui soumettre nos difficultés. Si c'est l'homme de progrès, l'homme de cœur que certains disent, il aura la possibilité de le montrer tout de suite par quelques décisions appropriées.

– Jamais il ne nous recevra !

– Il y a effectivement peu de chance qu'on nous laisse exposer de vive voix notre point de vue, mais nous pourrions lui écrire.

– Faisons une pétition !

– Oui, et remettons-la lui en public ! Si lui ne fait rien, les autorités se sentiront peut-être obligées de nous donner satisfaction sur quelques points. Si elles ne le font pas pour nous, elles le feront pour se faire mousser.

– Ce n'est pas une mauvaise idée.

– Votons !

– Qui est pour une pétition ?

Toutes les mains se levèrent.

– Vas-y Tourangeau, rédige !

– Non, je ne suis pas d'accord. Si c'est un marinier qui écrit, il n'y en aura que pour eux !

– Mais pas du tout. Il ne marquera que ce que nous lui dirons.

– Écoutez, vous autres, j'ai une proposition à faire. (Tourangeau reprit l'initiative.) Notons toutes les idées, ensuite nous voterons, pour savoir celles qui doivent être retenues en priorité.

– Comme ça, ça va !

La pétition, signée par quelque mille six cents personnes, fut remise à Napoléon III le 15 octobre 1852, alors qu'il déambulait devant les deux cent soixante-dix bannières qui figuraient les communes du département. Sur leur bannière, les Tourangeaux avaient écrit : *Les habitants de la Loire, les ouvriers de la ville de Tours, VIVE NAPOLÉON III, EMPEREUR.*

La rédaction de la pétition avait pris un tour bien différent de celui imaginé par Tourangeau lorsqu'il en avait lancé l'idée. Avant même d'inscrire le point final, Tourangeau avait cessé de croire en son efficacité. Certes, la démocratie avait prévalu, mais que restait-il des idées fortes qu'il avait défendues avec ses amis ? Qui se préoccupait des difficultés des mariniers, de leur avenir ? D'autres groupes d'intérêt avaient pris en main la rédaction finale et avaient détourné la pétition de son premier objet. D'ailleurs, si les autorités se montraient si bienveillantes au point de permettre aux pétitionnaires de remettre en mains propres à Louis-Napoléon la pétition, c'est qu'elles n'avaient rien à en redouter. Au contraire même, peut-être s'inscrivait-elle dans leur projet.

– Décidément, bougonna Tourangeau en s'éloignant, il n'y a rien à attendre des élus…

Les mariniers se sentaient, une fois encore, bien seuls…

« À S.I. le Prince Président,

« Les habitants de Saint-Pierre-des-Corps, de la Poissonnerie et de La Riche, appréciant les sympathies que vous portez aux classes laborieuses et ouvrières des villes que vous voulez bien visiter, ont l'honneur d'appeler votre attention, Monseigneur, sur les besoins de leurs quartiers qui sont les plus populeux et les moins aisés de la ville de Tours.

« Les soussignés ont l'honneur de vous exposer que les inondations de la Loire ont toujours envahi leurs habitations, les ont rendues insalubres et malsaines ; par suite de ces inondations, des fièvres intermittentes, des maladies endémiques ont décimé la population dans une proportion effrayante, comparativement aux quartiers habités par les classes aisées.

« Après l'inondation de 1846, si désastreuse pour les riverains de la Loire, le choléra, qui déjà avait, en 1832, sévi cruellement dans cette partie de la

cité, a fait un nombre considérable de victimes. Il est malheureusement trop certain que les principales causes de ces épidémies sont le peu de largeur des rues de nos anciens quartiers, la difficulté qu'éprouve la circulation de l'air, difficulté qui rend une grande partie des logements insalubres, la rareté des voies de communication entre les bords de la Loire et les autres parties de la cité ; enfin, les travaux exécutés en 1848, sur les bords du fleuve, travaux qui encaissent ces bas quartiers et gênent entièrement la circulation de l'air. Nous appelons votre bienveillante attention sur toutes ces causes d'insalubrité, en venant vous prier de les faire cesser par votre intervention protectrice et généreuse. Déjà, Monseigneur, pour vivifier cette partie de la cité, votre oncle illustre, Napoléon Ier, de glorieuse mémoire, voulut rappeler la vie dans les misérables et anciens quartiers de la Poissonnerie et de La Riche, et il daigna donner son nom au quai qui longe nos quartiers et aux rues qui y aboutissent. Il vous appartient encore, Monseigneur, de faire terminer sa généreuse entreprise. Il vous appartient, encore, Monseigneur, de faire continuer l'œuvre que vous avez si heureusement commencée en 1849, à votre premier passage dans la ville de Tours, en reliant par une promenade plantée les deux parties est et ouest de la ville. Nos anciens quartiers de la cathédrale, de Saint-Pierre-des-Corps, de la Pois-

sonnerie, de La Riche ne pourront réellement être vivifiés et assainis que lorsque votre gouvernement aura changé l'aspect de nos quais, que l'acclamation unanime vient de nommer quai Louis-Napoléon. Les soussignés ont l'honneur d'être, Monseigneur, vos très humbles et très obéissants serviteurs, en criant avec la France entière : "Vive Louis-Napoléon, vive le sauveur de la France." »

Ce jour-là, pour marquer leur désaccord, les mariniers décidèrent d'être absents de la ville et d'aller à la pêche.

Dès le lever du jour, les bachots s'éloignèrent des quais pour aller s'immobiliser, de loin en loin, sur la rivière. La pêche était un prétexte plus qu'un objectif. Les adjudicateurs des lots de pêche protégeaient âprement leur territoire et ne toléraient aucune incursion. Les braconniers n'étaient pas les seuls à s'amuser à les braver et à déjouer leur vigilance.

<div align="center">~~~</div>

Comme chez les mariniers, la tradition était vivace. On était pêcheur de Loire de père en fils. Les frictions entre pêcheurs et mariniers n'étaient pas rares, mais les arrangements s'avéraient toujours possibles en raison de leur passion commune pour le fleuve. D'ailleurs, certains mariniers, trop vite usés pour tenir leur place dans un équipage ou bien handicapés par un accident, devenaient pêcheurs, gardant ainsi un contact étroit avec leur élément préféré. Si certains s'étaient laissés abuser par la facilité de la vie de pêcheur, ils en revenaient vite. Vivre de la pêche nécessitait autant d'ardeur à la tâche que de vivre de tout autre métier.

〜〜

Pour l'heure, pêcheurs et mariniers s'étaient mis d'accord. Après tout, il s'agissait de bouder une cérémonie officielle et de mettre en avant un esprit frondeur. Ceci valait bien un compromis. Les mariniers avaient donc obtenu l'autorisation d'aller jeter des lignes. En contrepartie, les deux tiers des prises reviendraient aux titulaires des lots.

– C'est bien entendu, avait tenu à rappeler Léon, au départ des bachots, rien que des « champions », pas d'éperviers, de nasses…

– Puisqu'on t'dit qu'on y va pour faire du lard !

– Léon, tu nous prends ti pour des foutimaciers !

– Tais-toi donc, ça risse de l'emmalicer !

Une fois sur le lieu de pêche, dans le bachot, les hommes s'organisèrent. D'abord, faire le tri des paillons. Les uns contenaient les victuailles et les rafraîchissements, les autres les appâts et les lignes.

À y regarder de près, il n'était pas exclu qu'au milieu des « champions », il y ait quelques lignes de fond qui se soient égarées. Les écheveaux, nettement plus volumineux, se repéraient facilement. Pas question, aujourd'hui, de dévider un écheveau qui dépasserait les vingt mètres sans se faire remarquer, tant les bachots étaient bord à bord. Mais on ne savait jamais, l'occasion aurait pu se présenter !

Dans le bachot, tandis qu'un homme dévidait la ligne principale et y fixait tous les demi-mètres un « champion », lui-même long d'une quarantaine de centimètres, un autre garnissait l'hameçon fin qui pendait. Chaque pêcheur avait son appât préféré, pour les uns un vif, ablette, goujon, pour les autres des vers. La cordelette était aussi fine que possible, afin d'être peu visible dans l'eau. Elle était fixée à l'aide d'un nœud simple qui permettait de la dégager de la ligne principale d'une seule traction. Gare aux étourdis et aux maladroits quand la ligne serait remontée tout à l'heure et qu'il faudrait sans l'emmêler dégager les prises !

Voilà, maintenant, il ne restait plus qu'à attendre que les poissons se laissent piéger.

La pêche ne fut pas miraculeuse. L'alerte avait dû être diffusée dans le milieu aquatique. Avait-on décidé de les exterminer massivement pour organiser un tel déploiement de leurres ? Seuls les jeunes impétueux furent sacrifiés. La maturité sauva les plus vieux qui se tinrent tranquilles, somnolant sur la vase, laissant passer l'offensive. La concentration des pêcheurs, intense durant la matinée, se relâcha avec l'heure du casse-croûte. Puis, vint le moment de s'enquérir des résultats des équipes voisines et les apostrophes, de loin en loin, donnèrent le signal du reploiement des lignes. Ça et là, les bachots se regroupèrent, les chopines circulèrent, les discussions s'animèrent, jusqu'en fin d'après-midi.

Lorsque les embarcations regagnèrent les quais, les rives, les occupants n'étaient pas mécontents, sous des prétextes divers, de leur journée.

Pour mettre à l'épreuve la bonne humeur de Tourangeau, Marie racontait avec force détails la réception du sauveur de la France. Elle eut beau s'évertuer à le provoquer pour le faire sortir de ses gonds, il resta de marbre. Tourangeau écouta avec calme, sembla même éprouver de l'intérêt pour le récit, se fit préciser quelques faits pour montrer à Marie qu'il était maître de lui. Enfin, ils éclatèrent d'un grand rire. Il la souleva dans ses bras et la couvrit de baisers.

– Alors, interrogea-t-il, tu préfères toujours ton prince président ?

– J'hésite encore. Tout dépend de la suite que tu comptes donner à cette soirée !

22

Quelques semaines après son périple à travers la France et son étape à Tours, Louis-Napoléon Bonaparte fut proclamé empereur. Le 5 décembre 1852, du balcon de l'hôtel de ville de Tours, le préfet annonça le rétablissement de l'Empire.

« La plus importante solennité nous réunit aujourd'hui. Nous venons consacrer, par une déclaration officielle, la grande œuvre que la nation a déjà accomplie dans l'exercice libre et légal de sa volonté. Un peuple tout entier, élevant la voix comme un seul homme, pour proclamer son libérateur et lui confier ses destinées… Qui pourrait refuser plus longtemps d'apporter à l'union commune sa part de dévouement et de reconnaissance, quand on se

Certains partageaient avec enthousiasme les propos du préfet. Les affaires allaient pouvoir reprendre et se développer à nouveau, la stabilité politique étant la meilleure garantie à leurs yeux. D'autres regrettaient que la république n'ait pu s'imposer et cachaient mal leur dépit.

La ligne de chemin de fer, de Tours jusqu'à Nantes, entra en service. Le sursis accordé aux compagnies des bateaux à vapeur et aux mariniers arrivait à son terme. Avec un tonnage de 186 820 tonnes, l'année 1852 avait été bonne.

Qu'en serait-il en 1853 ? Ralentissement progressif ou effondrement ? Les rumeurs les plus sombres circulaient…

⌇

– Bonsoir, Madame. À demain.
– Bonsoir Marthe, Jeannette, Agnès…

Marie referma la porte de la boutique derrière les employées. Elle tira soigneusement les verrous pour la nuit. Elle se frotta machinalement les reins. La journée avait été éprouvante. Jeanne était occupée à compter la recette, elle l'interrompit.

– Je crois que nous allons devoir remplacer provisoirement Angèle. Nous ne suffirons plus à tenir la boutique.

– Sa grossesse va la tenir éloignée quelque temps. Tu as raison, il va falloir que nous nous mettions en quête de quelqu'un au plus vite. As-tu une idée ?

– À vrai dire, je n'y ai pas songé. Quand je pense que tu vas être grand-mère, comme le temps passe vite !

– Oui, je vois encore Martin et Angèle, enfants. Quel chemin parcouru ! Jamais je n'aurais imaginé pour nous tous un tel avenir… Je n'ai pas oublié le temps où je passais mes journées à faire des buées… Tout ça pour gagner chichement notre vie. Nous n'étions jamais certains de manger tous les jours. Ma hantise était de tomber malade. Qu'aurais-je fait alors ? Par bonheur, cela n'est pas arrivé ! Plus d'une fois, j'ai été découragée. Quand je voyais mon p'tiot, tout menu, tout chétif, conduire une brouette qui lui tombait des mains, comme par miracle je retrouvais des forces. Je me disais, pour eux tu dois continuer! Tu n'vas pas pleurer parce que tu as les doigts gourds! Ce ne sont pas des lessives, quelques crevasses ou quelques engelures qui vont venir à bout de toi!

— Plus d'une fois, j'ai frémi en te voyant manier ton batelet. Comme si tu n'avais pas déjà assez de travail, te charger du passage des voyageurs d'une rive à l'autre, c'était bien trop!

— Je n'avais pas le choix.

— Ce n'était pas un métier pour toi.

— Pourtant, je n'étais pas la première femme à le faire.

— Tourangeau pourrait te le dire, combien de fois ai-je fait ce cauchemar! Je voyais ta barque filer dans les courants et tu ne parvenais pas à la maîtriser.

— Aujourd'hui, nos sommes bien heureux.

— Angèle et François sont aux anges.

— François n'est pas le moins ému. Il est plein d'attentions pour Angèle. Elle a trouvé un bon mari.

— Il est très gentil… Je ne serais pas étonnée si un jour, il prenait des responsabilités dans la vie de la cité. Il est passionné par toutes ces questions. Dis-moi, Martin est bien souvent absent ces temps-ci?

– Il dit que c'est son travail qui l'entraîne à Paris. Il participe à la préparation de la future Exposition universelle. Mais je crois qu'il y a une autre raison, une jeune fille… Il est si discret qu'il ne dira rien pour le moment.

Elles furent interrompues par un tintement de cloches. La porte de l'arrière-boutique avait été ouverte. Benjamin apparut.

– Quel plaisir de rentrer chez soi après un périple de plusieurs semaines ! J'ai couru d'atelier en atelier, mais je n'ai pas perdu mon temps. Je vous rapporte une collection d'étoffes qui vous enchantera. Ah, vous pouvez dire que vous avez de la chance de m'avoir ! Les concurrents vont faire triste mine quand vous allez les mettre en vitrine.

– Mais nous savons t'apprécier à ta juste valeur.

– Jeanne, modère ton jugement. À trop vanter ses mérites il gonflera d'orgueil.

– Avant de gonfler d'orgueil, je gonflerai mon portefeuille.

– Quand allons-nous pouvoir nous rendre compte de tes découvertes ?

– Un peu de patience.

– Tu nous allèches et tu nous laisses sur notre faim.

– Parlons-en, justement. Donnez-moi à dîner, et, si la table est riche, je vous montre les échantillons.

– Chantage pour chantage, les échantillons d'abord. Comme nous dînons chez ta tante, tu ne cours aucun risque. C'est certain, tu te régaleras !

23

TRAVERSANT D'UN PAS ASSURÉ la grande salle du café de l'Hôtel-de-Ville, l'homme glissa sur le pavé et heurta brutalement le sol sans trouver le moyen d'amortir sa chute. Quelques rires fusèrent. L'homme ne se releva point avec l'empressement habituel dont on fait généralement preuve pour se sortir d'une situation qui provoque sourires et railleries. Une grimace creusa son visage. D'une main, il désigna un point douloureux à hauteur de la hanche. Il resta au sol, légèrement sonné.

D'une table, un homme l'interpella :

– Oh ! Ch… dans l'eau, toujours en train de churlupper !

Le serveur et quelques clients l'aidèrent à se relever. Il reprit ses esprits, fit quelques pas en claudiquant avant de se laisser tomber sur un siège.

L'homme qui l'avait apostrophé revint à la charge :

– Oh ! Ch… dans l'eau, tu marches de guingois maintenant.

Le marinier chercha à se lever sans y parvenir. Ne pouvant s'approcher de l'homme qui, à quelques tables de lui, l'agressait, il l'interpella à son tour.

– J'ai un nom, comme tout un chacun. Je pourrais tout aussi bien trouver quelques sobriquets qui s'appliquent à vous. Il n'en manque pas. Et pas des plus jolis. En voilà des façons.

– Pour qui te prends-tu ?

– Pour un marinier qui n'a pas à rougir de ce qu'il est. Maintenant, j'attends des excuses.

– Tu peux attendre… Voyez-vous ça, vous autres, voilà que les mariniers se comportent comme des bourgeois aujourd'hui. Ils fréquentent les cafés et exigent des excuses.

L'homme partit d'un gros rire vulgaire.

Le marinier, malgré la douleur qui lui déchirait la hanche, tenta de faire quelques pas, au risque de perdre à nouveau l'équilibre. Il bredouilla :

– Ne fais pas le mariole, tu pourrais le regretter.

Le provocateur se ficha sur ses jambes et fit mine d'empoigner son adversaire.

– Si tu veux te battre, tu vas recevoir une leçon !

Le marinier, bien qu'animé par le désir de rétablir son honneur qu'il estimait bafoué, ne put se maintenir debout, tant la douleur était vive. Il devint blanc comme linge, prêt à s'évanouir.

À quelques tables de là, Benjamin prenait un verre en compagnie de quelques amis. Il rageait déjà depuis quelques minutes en observant la scène quand, n'y tenant plus, il s'approcha :

– Cet homme a besoin d'un médecin, dit-il.

S'adressant à quelques hommes de sa connaissance, il ajouta :

– Vous feriez mieux de le conduire, il est bien incapable de se déplacer par ses propres moyens. Quant à vous (à l'adresse du grossier personnage), vous auriez gagné à vous excuser. Vous avez eu un comportement indigne et offensant, qui plus est, vis-à-vis d'un homme blessé.

– De quoi se mêle-t-il, celui-là ? Va donc courir la droyée avec ton joli minois, plutôt que d't'occuper de mes affaires. Freluquet !

– Soyez poli, s'il vous plaît !

– De quoi, de quoi, qui c'est ce gueulard ?

– Je le connais, répliqua un homme. Il n'y a pas si longtemps, il suait et se salissait les mains avec nous, sur le chantier du chemin de fer…

– Je vois, Monsieur a oublié le passé, Monsieur fait des manières, Monsieur s'habille d'une chemise de soie aujourd'hui. Monsieur ne fréquente plus que le beau monde.

– En voilà assez de votre numéro. Je m'estime offensé à mon tour et en charge de l'honneur de cet homme. J'exige des excuses pour lui et pour moi-même.

– Monsieur exige, Monsieur réclame, Monsieur est un homme d'honneur.

– C'est sans doute une notion qui vous échappe.

– Ton honneur, tu n'as qu'à faire comme moi, t'asseoir dessus, ou bien le défendre avec tes poings. Mais Monsieur est un poltron.

– Si vous voulez tâter de mes poings, je suis prêt !

– Vous ne trouvez pas ça vulgaire ? Chez les bourgeois, pour laver un affront, il n'y a que le duel. On ne se bat qu'avec un fleuret, un sabre, une épée…

– Ne croyez pas que je vais me défiler. Vous voulez un duel. Et si je vous prenais au mot ! Étant l'offensé, j'ai le choix des armes. Je pourrais choisir le pistolet. J'aurais là quelque chance de vous tuer, mais vous donner une leçon suffira. Bien que de ma vie je n'aie tenu une épée, je vais vous montrer que je ne suis pas homme à reculer… (faisant un signe) Monsieur sera un de mes témoins. Faites-lui connaître les vôtres ! À demain, Monsieur, et je vous conseille d'être là si vous ne voulez pas être la risée de la ville. Je ne vous salue pas.

〜〜

Ce fut une réelle surprise pour Martin que d'apprendre de la bouche de Benjamin qu'il serait son deuxième témoin. Son premier réflexe fut d'empêcher ce duel ridicule. Puis, il se rangea à l'avis de Benjamin. Cette manière de défendre son honneur semblait être d'un autre âge. Benjamin n'avait nullement l'intention de tuer son adversaire, encore moins de se faire tuer. Une simple égratignure suffirait pour mettre un terme à la rencontre et rétablir son honneur. Du reste, son rival devait être dans les mêmes dispositions que lui-même. Il n'avait probablement jamais tenu une épée. Les risques n'étaient pas considérables. D'autant qu'après une nuit de réflexion, d'angoisse sûrement, il y avait de bonnes chances que son adversaire soit tout disposé à présenter des excuses, s'il ne se dérobait pas lâchement…

〜〜

Le rendez-vous était fixé à l'aurore, près du canal. Le lieu devait demeurer secret. Seuls Martin et François étaient dans la confidence au sein de la famille. Il ne fallait surtout pas que Tourangeau et les femmes soient informés. Malgré les précautions prises, bientôt la communauté des mariniers fut au courant. Benjamin, en se posant en défenseur d'un marinier blessé aussi bien physiquement que moralement, et en tant qu'ancien membre de ce corps, était devenu un héros. Tous convinrent qu'il fallait qu'il soit dans les meilleures dispositions pour sortir victorieux de l'épreuve.

Ferdinand fut mis à contribution. Il alla sortir de sa retraite un vieil officier qui autrefois avait manié le sabre au combat. Il fut chargé de lui enseigner les rudiments du maniement. Un entrepôt fut choisi comme lieu d'exercice. En quelques instants, les mariniers le débarrassèrent des ballots de marchandises qu'il contenait et sur l'aire dégagée, sous l'œil attentif de ses partisans, Benjamin et le vieil hussard s'exercèrent jusque tard dans la nuit. Benjamin, son rival, les témoins et une foule de supporteurs des deux camps se retrouvèrent, au petit matin, sur une bande de terre entre canal et Loire, alors que des lambeaux de brume traînaient encore, rendant la rencontre des hommes plus mystérieuse encore. Ça et là, des hommes avaient été postés pour surveiller les abords et signaler toute visite intempestive des autorités ou de la police.

Au-delà des deux hommes qui allaient s'affronter, on sentait bien que c'était deux communautés qui se défiaient. Derrière Benjamin, il y avait tous les hommes du fleuve. Derrière son rival, il y avait tous les ouvriers du chemin de fer. L'objet du duel avait été détourné. Benjamin ne pouvait, ne voulait renoncer. Martin était inquiet. Les événements pouvaient prendre un tour tragique, il le sentait, mais que faire ?

Les hommes, en bras de chemise malgré la fraîcheur, dos à dos, firent au signal chacun cinq pas en avant, se retournèrent pour se faire face, et s'observèrent l'arme à la main. Une dernière fois, Martin s'entremit pour demander à l'homme s'il était disposé à présenter des excuses.

Lui, si sûr de lui la veille, si enjoué, avait perdu de sa superbe. Son visage était aussi pâle que sa chemise. Celui de Benjamin n'était pas plus ambré. Le froid n'expliquait pas tout. À les observer, ils avaient l'air gauche avec leur épée à la main. Sans doute, auraient-ils montré plus d'arrogance s'ils avaient brandi leurs seuls poings. Quel orgueil chez l'un et l'autre pour s'embarquer dans un duel imbécile !

L'homme dévisagea Martin, tourna la tête vers le maître du combat, l'officier hussard, et comme pour se stimuler, répondit à la question par un :

– Y allons-nous, oui ou non ?

L'officier ordonna :

– En garde !

La leçon du vieil hussard avait porté ses fruits. Sans être devenu expert, Benjamin avait une bien meilleure tenue. Cependant, pour un œil averti, les duellistes manquaient de technique. L'esquive se pratiquait à la « va comme je peux ». L'attaque était incertaine. Les bras manquaient de souplesse. La jambe demeurait statique. Les dégagements tenaient plus de l'écart, de la dérobade devant les coups de l'adversaire que d'une technicité maîtrisée. Les épées s'entrechoquaient sans conviction, presque par hasard. Les coups étaient portés sans assurance. Parfois, les combattants étaient pris de l'envie de s'aider de leur bras libre tant l'épée apparaissait comme une prothèse mal commode. La décision tardait à venir. Le duel n'était qu'un ferraillage. Les bruits métalliques étaient rendus plus sonores encore en raison du silence des lieux. Ceux qui étaient venus avec l'intention d'encourager verbalement leur poulain se taisaient, impressionnés par le courage des deux hommes.

Soudain, le sang gicla. La chemise s'empourpra à hauteur de la clavicule. Benjamin venait de toucher son adversaire.

– Arrêtez, Messieurs, ordonna le maître du combat.

Après examen de la blessure, il s'avéra qu'il ne s'agissait que d'une égratignure.

L'officier consulta les protagonistes. Convenait-il, oui ou non, de reprendre ? Benjamin, par la voix de ses témoins, fit savoir que, pour sa part, il était prêt à en rester là. Son adversaire s'obstina.

Le duel entra dans sa deuxième phase. L'homme était plus agressif que jamais. Après cet arrêt, Benjamin avait quelque peu perdu de sa concentration. Ses muscles, refroidis, s'étaient engourdis. Il eut du mal à faire face aux assauts de son adversaire qui semblait, de plus en plus, ne pas vouloir perdre. Il prenait des risques. Son excitation provoquait des mouvements désordonnés. Il se découvrait fréquemment. Benjamin se contenta de contenir les assauts et attendit le moment propice. Il engagea son épée en avant, le bras tendu à l'extrême en direction de son rival, qu'il atteignit pour la seconde fois.

À peine avait-il senti son épée buter contre le corps de son adversaire, que déjà il l'avait retirée prestement, ne voulant rien provoquer de grave. Le combat fut interrompu à nouveau. Alors que le médecin examinait la blessure, rien de sérieux, l'épée n'ayant touché que le gras du ventre, l'homme écarta vivement le praticien et se précipita sur Benjamin, sans méfiance. Il planta violemment son épée dans la poitrine de Benjamin qui s'écroula, hurlant de douleur.

L'espace d'une fraction de seconde, ce fut la stupeur générale, puis Ferdinand, Martin et le médecin se précipitèrent vers Benjamin. François balança crayon, carnet de notes et se rua sur le traître. La bagarre fut générale. Mariniers et ouvriers se jetèrent les uns sur les autres. Les coups furent généreusement distribués. Tandis que certains combattants roulaient dans la poussière, d'autres poursuivaient les échanges dans les eaux du canal.

Quand Tourangeau arriva, essoufflé, la pagaille était indescriptible. Il se précipita vers Benjamin toujours allongé au sol, veillé par le médecin. Il l'interrogea du regard.

– C'est très sérieux, répondit-il.

<center>~~~</center>

Alors Tourangeau chercha Martin et François et les extirpa du champ de bataille.

– Êtes-vous devenus fous ? hurla-t-il. Donnez-moi plutôt un coup de main pour l'emporter d'ici. Va chercher un brancard, lança-t-il à l'adresse de Martin.

– Ferdinand est déjà parti…

Il revint avec une voiture. Son entrée rétablit le calme. Aucun des protagonistes n'avait été épargné. Les visages étaient devenus disgracieux, difformes. Le sang colorait tout, corps, vêtements, sol… Les hommes n'étaient plus que douleur, mais ils ne songeaient pas à se plaindre. L'air pitoyable, ils se regroupèrent autour de la voiture où l'on installait Benjamin sans connaissance.

Durant plusieurs semaines, la famille se relaya au chevet de Benjamin. Tourangeau ne le quitta pour ainsi dire pas. Les amis mariniers venaient constamment aux nouvelles. La police essayait de savoir ce qui s'était passé. Tous étaient muets. Un accident malchanceux disait-on, tout au plus. La tension était extrême entre les mariniers et les ouvriers du chemin de fer. À tout propos, les bagarres éclataient. Le pire était à craindre si Benjamin perdait la vie…

Tourangeau ruminait, silencieux. Quand son regard rencontrait celui de Martin ou de François, il se durcissait. Il leur en voulait, sans nul doute, d'avoir laissé faire ça. Martin, plus encore que François, redoutait que Tourangeau n'éprouvât de la haine envers lui. Il l'aimait comme un père, le sien étant parti trop vite à son gré. Ferdinand ne trouvait pas de mots assez durs pour qualifier son attitude. Pourquoi avait-il cédé aux sollicitations de ses fougueux amis ? À son âge, une telle légèreté n'était pas pardonnable. Marie priait…

Plusieurs fois par jour, le médecin venait visiter Benjamin. Il refusait toujours de se prononcer malgré les pressions. La convalescence serait longue, mais la vie de Benjamin serait épargnée.

Après plusieurs semaines d'attente, alors que Benjamin semblait retrouver sa vitalité, Tourangeau prit à part Martin et François :

– Je ne vous aurais sans doute jamais pardonné sa mort. Quelle idée absurde que ce duel ! Quelques bons coups de poing auraient largement suffi ! C'était maladroit. Je suis pourtant fier qu'il se soit senti porteur de l'honneur des mariniers. Maintenant, ça suffit. Il faut arrêter les affrontements. Serrons-nous la main, mes fils !

24

LA BLESSURE DE BENJAMIN avait resserré les liens familiaux. Tous manifestaient habituellement, avec plus ou moins de vigueur, un esprit d'indépendance. Devant une épreuve, la solidarité familiale prenait le pas sur toute autre préoccupation.

⁓

La période de chômage permit à Tourangeau de partager de longues heures avec son fils. Inactifs, l'un à cause de sa convalescence, l'autre à cause des basses eaux, ils redécouvrirent des passe-temps. Ils traquèrent les rats musqués, dans les varennes des bords de Loire, pour tirer quelques sous de leur fourrure. Habiles à tresser des nasses d'osier, des goujonnières, des paniers, ils façonnèrent le berceau du futur bébé d'Angèle. Ils coururent, tels des enfants découvrant la liberté, de hameau en hameau, rendant visite aux amis, récoltant un jour du miel, de la cire, offrant un autre leurs bras pour presser les noix et leur faire rendre leur huile si parfumée. Ils cueillirent des plantes pour l'herboriste de la place Plumereau et pour eux-mêmes. Ils rentrèrent de leurs escapades exténués, les bras chargés de gerbes qui embaumaient la pièce. Marie triait la récolte, la faisait sécher, remplissait ses bocaux, les rangeait avec soin. Il y avait l'étagère des plantes médicinales où dominaient les tisanes : verveine, tilleul, menthe, sauge, queues de cerise, mauve, camomille, valériane, gentiane... Il y avait celle des onguents dans des pots opaques, à la composition mystérieuse, qui effaçaient les traces des coups, cicatrisaient les blessures, soulageaient les douleurs. À part, près du fourneau, des bocaux d'herbes aromatiques destinées à parfumer les mets attendaient les initiatives des cuisiniers : laurier, thym, pimprenelle, romarin, basilic, estragon...

En séparant les bouquets, Benjamin conversait avec son père et sa mère. Des souvenirs revenaient. Jeune enfant, tandis qu'il herborisait en leur compagnie, il lui semblait alors qu'il y avait tant d'espèces que jamais sa mémoire n'en viendrait à bout.

Pour faciliter son apprentissage, Marie lui indiquait des astuces qui chantaient encore aujourd'hui à ses oreilles comme une ritournelle éternelle : « La véronique a deux yeux bleus. » Certains noms étaient suffisamment évocateurs pour se mémoriser sans efforts, comme l'herbe au chantre qui garde la voix pure, évite les enrouements ou l'herbe à éternuer qui, lorsqu'on l'approche, provoque les narines…

Les jours de grande chaleur, Tourangeau et Benjamin s'asseyaient à l'ombre d'un arbre et rapiéçaient les filets de pêche étalés devant eux. La fraîcheur venue, ils détalaient à nouveau dans les varennes, les chemins creux, écrémant les bouchures et rapportant des paniers de baies. Ils trouvaient sans cesse à s'occuper. Parfois, ils entraient dans des discussions interminables, se coupant la parole d'impatience, haussant la voix pour convaincre, parfois ils demeuraient silencieux, n'éprouvant aucun besoin de se confier.

Cette nouvelle complicité entre le père et le fils inquiétait quelque peu Marie. Elle craignait que Tourangeau s'illusionnât. Elle savait que Benjamin, sa convalescence terminée, retournerait à sa vie professionnelle, que la marine était une activité qu'il n'exercerait plus jamais. Benjamin vivait son repos comme une parenthèse agréable, un prolongement de son enfance. Il goûtait la vie avec une fraîcheur nouvelle parce que, de son lit, il avait compris combien elle était éphémère et qu'il ne voulait pas en gâcher une parcelle.

À la fin de l'été, un dimanche, alors que les premières pluies d'automne s'annonçaient, Tourangeau et Benjamin avaient projeté d'aller sur le fleuve pour tenter de repêcher une ancre perdue lors de la dernière crue printanière. Martin et François proposèrent de se joindre à eux. Au début de l'après-midi, les quatre hommes embarquèrent sur *La Confiance* à destination du viaduc de Cinq-Mars. Même si, depuis quelques jours, le courant s'était renforcé, il n'était guère vif. De temps en temps, il fallait immobiliser *La Confiance*, descendre dans le lit du fleuve, sonder pour vérifier qu'il y avait assez d'eau pour passer sans risque de s'ensabler ou d'écorcher sa coque.

Parfois il fallait user de la gaffe pour l'aider dans sa progression.

Arrivé près du viaduc, Tourangeau prépara un crameau, sorte de crochet métallique à plusieurs branches, auquel il accrocha une corde. Avec méthode, il observa les lieux. À haute voix, il expliqua à ses compagnons d'équipée comment ils allaient procéder. D'abord, se souvenir de l'endroit où se tenait *La Confiance* ce jour-là, de la direction prise, du courant…

– Oui, c'était ici, à la descente, les courants étaient en bagarre entre eux. Ça bouillonnait dur. J'avais mis à la traîne deux ancres pour freiner *La Confiance*. On était au vent, je m'apprêtais à entrer sous cette arche, j'ai crocheté quelque chose, du costaud. La traction a été violente et la corde a cédé. Brusquement, *La Confiance* est partie, heureusement sans heurter quoi que ce soit. L'ancre peut se trouver là encore, toujours accrochée, sinon le courant a pu la porter dans cette direction. Mais elle peut tout aussi bien être ailleurs. Bon, rangez-vous que je balance le crameau !

Sans succès, à tour de rôle, ils lancèrent le crochet, ils manièrent les outiaux. Ils déplacèrent *La Confiance*, se lassèrent. Parfois, l'intérêt reprenait. En tirant sur la corde, l'homme à l'œuvre s'exclamait :

– Ça y est, j'ai crocheté quelque chose…

Après avoir peiné à tirer, penchés par-dessus bord, les hommes observaient le résultat. Objets divers, matériaux de toutes natures, ils avaient l'impression de vider la rivière d'un contenu inépuisable, mais toujours manquait l'ancre de Tourangeau.

Pour parachever le tout, le vent tomba. Plus d'espoir de rentrer à Tours à bord de *La Confiance*. Ils la laissèrent là, tirant sur sa corde d'amarrage, et rentrèrent à pied par le chemin de halage.

Lorsque Benjamin voulut ouvrir la porte de la maison, il eut la surprise de la trouver close. Marie n'était pas là. Une voisine accourut aussitôt, porteuse d'un message.

– Vous étiez à peine partis que Madame Jeanne est venue la chercher. Angèle avait les douleurs. Monsieur François, à c't'heure, vous pourriez bien être père.

25

LA CONCURRENCE entre le chemin de fer et le chemin d'eau durait depuis huit ans déjà. Ceux qui avaient prévu la disparition immédiate des mariniers s'étaient montrés quelque peu hardis dans leurs pronostics. Dès 1846, de nombreuses gabares ne parvenant pas à se remplir de marchandises et ne trouvant pas d'acquéreur avaient été démantelées. Depuis, régulièrement, sans éclat, des mariniers mettaient un terme à leur activité.

L'année 1853 fut particulièrement désastreuse. Deux effets négatifs s'étaient conjugués. Non seulement la ligne de chemin de fer parallèle au cours de la Loire était ouverte sur tout son parcours, mais en plus, la récolte avait été mauvaise. Les denrées à transporter étaient maigres. L'année 1854 s'annonçait sous de mauvais auspices. Tout portait à croire que tous les mariniers ne feraient pas preuve de renonciation dans le calme. Certains s'affirmaient déjà comme des révoltés, prêts à tous les gestes pour garder leur gabare. Pour les uns, c'était une question de survie, pour les autres une affaire de cœur. Les mariniers se montraient parfois aptes à écouter un discours, à analyser la situation avec calme et rigueur, à comprendre les arguments, à envisager une autre activité plus lucrative pour eux-mêmes. Plus souvent, la passion l'emportait sur la raison. Ils se disaient incapables d'envisager de quitter le fleuve, leur fleuve. Ils voulaient conserver intact le plaisir de naviguer. Se confronter à la Loire, lui tenir tête, succomber à son charme, jouir avec elle, c'était un bonheur indicible. Ils avaient l'impression de n'exister que par elle, que pour elle.

∿

Elle seule savait faire naître en eux le sentiment de la peur lorsqu'elle propulsait l'embarcation dans l'eau bouillonnante, la faisait fléchir, piquer du nez, se redresser, tournoyer, la projetait contre la pile d'un pont qu'elle évitait de justesse, meurtrissant son étrave contre le rocher.

Elle seule les amenait à faire preuve de courage lorsqu'elle se saisissait d'un corps ami pour tenter de l'engloutir à jamais. Elle seule leur rappelait la faiblesse de leur corps lorsqu'elle mettait à l'épreuve leurs muscles dans la tourmente, le froid, le gel. Elle seule invitait à savourer un bonheur mérité lorsqu'elle cédait à la nonchalance, à la langueur, lorsqu'elle les envoûtait en concentrant sur ses eaux, couleurs, odeurs, chants. Elle seule savait masser leurs corps endoloris, lorsqu'ils s'adonnaient à la baignade dans les eaux tièdes de l'été ou se prélassaient sur le sable d'une grève désertée. Mieux qu'une femme, elle se comportait en maîtresse des plaisirs, en maîtresse toujours insatisfaite, recherchant auprès de ses amants des voluptés nouvelles. Une amante dont ils ne pourraient jamais se départir, assurés qu'ils étaient de n'en trouver aucune capable de leur faire vivre de telles sensations.

~~~

Le gouvernement fit preuve de sagesse et évita le pire en prenant des mesures en faveur du trafic fluvial. Ce faisant, il poursuivait un double objectif. Pour combler une partie du déficit de production, la France devait recourir aux importations. Les bateaux chargés de farine, de
~~~

céréales, de pommes de terre bénéficièrent de l'affranchissement de tout droit de navigation. Cette mesure visait à accentuer la circulation des denrées des zones bénéficiaires vers les plus déficitaires et à soutenir l'activité fluviale. Ainsi, l'année 1854 se déroula dans une euphorie relative. Par comparaison avec l'activité de l'année précédente, 160 077 tonnes, 1854 fut une année record avec 209 829 tonnes au port de Tours.

La naissance de Mathilde avait jeté le trouble dans la famille. Elle était devenue le centre de tous les intérêts. François n'était pas le moins admiratif. Il était impatient de la voir grandir pour lui faire découvrir mille choses. Martin songeait lui aussi à fonder une famille. Il présenta Albane, jeune fille éprise de musique, qu'il avait rencontrée lors d'un concert, à Paris.

Martin s'était installé dans la capitale. La construction du chemin de fer Tours-Nantes étant achevée, seul son bon fonctionnement restait à contrôler. Ce n'était pas suffisant pour l'intéresser. Aussi s'était-il laissé séduire lorsqu'on lui avait proposé de participer à la préparation de l'Exposition universelle. Elle occupait tout son temps. En 1851, à Londres, seules quelques

machines à vapeur avaient été présentées en mouvement. Pour l'exposition de 1855 à Paris, il fallait
faire mieux. Toutes les machines seraient en
état de fonctionnement. Pour cela, on avait imaginé d'installer, dans une galerie d'un kilomètre
de long, un arbre de transmission immense. Il
entraînerait toutes les machines. Martin s'était
passionné pour cette réalisation. Les nouveautés technologiques semblaient inépuisables. La
recherche l'attirait de plus en plus. Quand il parlait de la future exposition, il s'enthousiasmait.
Elle serait une occasion unique pour révéler des
choses étonnantes. Ainsi, un ingénieux appareil
nommé « percolateur » produirait, assurait-on
sur place, près de deux mille tasses de café à
l'heure. La manufacture de Saint-Gobain pro-
posait de dévoiler la plus grande glace du monde
(5,37 m de hauteur et 3,36 m de largeur), une
glace exempte de bulles, de nœuds, d'une lim-
pidité étonnante. Les responsables affirmaient
qu'il ne s'agissait pas là d'un exploit, qu'ils étaient
capables d'en produire, à la demande des clients,
de semblables. Et puis, ajoutait Albane, pour la
première fois, les beaux-arts seraient présents à
cette grande manifestation. Plus besoin de parcourir des kilomètres pour découvrir une œuvre,
de franchir des mers, des montagnes. L'œuvre

serait là, devant son public. Bref, à les écouter vanter les merveilles, les prouesses techniques, leur beauté incomparable, tous avaient envie de s'y rendre et n'attendaient plus que son ouverture.

Si l'année 1855 fut heureuse sur le plan familial, il n'en fut pas de même sur le plan professionnel pour Tourangeau. Martin se maria avec la belle Albane. La cérémonie eut lieu dans la capitale. La famille fit le voyage et profita de cette occasion pour visiter l'exposition.

Jeanne, satisfaite d'avoir mené à bien l'éducation de ses enfants, heureuse de leur bonheur, commença à songer à sa vie. Jusque-là, elle avait repoussé toutes les avances, notamment celles d'un vigneron de Vouvray, veuf sans enfant, sa femme ayant été emportée par le choléra alors qu'elle n'avait pas trente ans. Régulièrement, il venait la voir, faisait partie des escapades familiales, la réconfortait lorsque rien n'allait bien, la couvrait d'attentions. Il l'attendait depuis si longtemps que lorsqu'elle lui laissa entendre qu'il pouvait renouveler sa demande, il en resta bouche bée.

– Pour tout vous avouer, lui répondit-il, je m'étais fait une raison. Je pensais que vous prendriez toujours pour prétexte vos enfants. Je me faisais à l'idée que jamais je n'aurais le plaisir de vous entendre dire oui.

Elle dit oui. Elle ajouta aussitôt :

– À une condition : je veux continuer à tenir la boutique avec Marie et Angèle.

– Vous aurez bien assez pour vivre avec mes revenus.

– Oui, mais ce sont les vôtres. J'ai vécu trop longtemps pour moi-même, sans dépendre de quelqu'un, je ne crois pas que je pourrais m'habituer à autre chose maintenant. Et puis, cette boutique, nous l'avons tant voulue, il n'est pas question que je laisse seuls Marie, Angèle et Benjamin…

༄

Homme au cœur tendre, heureux de partager un bonheur nouveau avec elle, de quitter une solitude tenace, il dit oui. À la Noël, ils se marièrent.

Après une période d'optimisme, le moral des mariniers chuta de nouveau. L'année 1855, à cause d'une mauvaise récolte, fut très médiocre pour le trafic. Portant un jugement, l'ingénieur chargé de la navigation dans le département d'Indre-et-Loire, dans son rapport annuel, ne s'embarrassa pas de circonlocutions.

Quelques mots, quelques chiffres suffirent à exprimer avec clarté la situation. En 1855, il comptabilisa 3 955 mouvements de bateaux dans le port de Tours, pour un trafic montant de 45 325 tonnes et de 122 128 tonnes pour un trafic descendant, contre 209 828 l'année précédente. Ses explications sur les causes eurent le mérite de la franchise ; pour l'essentiel, elles tenaient aux mauvaises récoltes auxquelles s'ajoutaient les conditions défectueuses de la navigation et la concurrence avec le chemin de fer. Quant aux crédits prévus pour 1856, destinés à faire face aux dépenses d'entretien du fleuve et aux travaux neufs à réaliser (50 000 francs et 32 500 francs), il les commenta de la manière la plus nette : « Comme par le passé, ils sont absolument insuffisants. » Au moins sur ce chapitre, les points de vue de l'administration et des mariniers s'accordaient.

Pour la première fois de sa vie, Tourangeau céda au découragement. À plusieurs occasions, il aurait pu trouver une autre situation. La nécessité de subvenir aux besoins de sa famille l'avait parfois contraint à envisager d'abandonner définitivement sa gabare. À chaque fois, la peur d'être acculé à ce seul choix lui avait procuré l'énergie suffisante pour affronter la situation et trouver des solutions transitoires.

Aujourd'hui, Benjamin n'avait plus besoin de lui. Marie pouvait vivre des revenus de sa vie professionnelle. Il n'avait pas les mêmes obligations que nombre de ses confrères. Il pouvait se permettre de résister sur sa gabare, de s'obstiner. Aujourd'hui, il ne comptait plus que sur lui-même. Il n'espérait plus rien d'aucun régime politique. Il ne croyait plus aux promesses, aux aides financières, matérielles qui pourraient, à défaut de redonner une prospérité aux mariniers, leur permettre de survivre décemment. Les mariniers ne s'inscrivaient plus dans l'avenir du fleuve. Tourangeau venait de le comprendre, alors que depuis des années tout l'annonçait. Comme si sa compréhension s'était assoupie un jour de 1846 et que, subitement, elle s'éveillait au seuil de cette année 1856.

Maintenant, par fidélité, par plaisir, il liait sa destinée à la Loire. Déçu par les hommes, il n'attendait plus d'autres joies que celles qu'elle lui donnerait…

26

*Dimanche 1ᵉʳ juin 1856 –
Trois heures du matin*

LES SEMELLES DE BOIS HEURTANT LE PAVÉ faisaient un bruit d'enfer. Seule perturbation sonore dans la nuit, le bruit se propageait dans les rues calmes et désertes. L'homme était pressé. Sa foulée avait quelque chose du coureur de fond, son déhanchement ressemblait à celui du marcheur épuisé par des kilomètres d'efforts.

Sans prendre le temps de calmer sa respiration qui s'était emballée, il appela de la rue, d'une voix qui avait l'accent d'un désespéré cherchant du secours :

– Monsieur l'ingénieur !… Monsieur l'ingénieur !

Son appel ne semblait pas provoquer grand branle-bas dans l'immeuble. Il le réitéra, poussant sa voix, appuyant son effet en heurtant la porte sans ménagement. Le résultat fut immédiat. L'ingénieur apparut sur le seuil, boutonnant en toute hâte sa robe de chambre.

– Qu'est-ce qui vous prend ? Pourquoi déclenchez-vous un tel vacarme ?

– Monsieur, nous venons de recevoir par télégraphe un message annonçant une crue imminente de la Loire, dépassant de soixante centimètres, selon les prévisions, celle de 1846. Plus grave encore, une crue du Cher est également confirmée, plus importante que celle du 13 mai dernier. La conjugaison des deux fait redouter le pire.

– Vous dites une crue plus importante que celle de 1846 ! Rappelez-vous cette année-là, le fleuve avait atteint sept mètres quinze je crois. Vous vous rendez compte ! Êtes-vous sûr d'avoir bien lu et de ne pas avoir perdu votre sang-froid ?

– Absolument certain ! C'est du reste pourquoi je me suis permis de vous déranger dans votre sommeil.

L'ingénieur quitta le seuil de la porte où il se tenait, s'engagea dans la rue et frappa à la maison voisine qui se trouvait être habitée par un maire adjoint. Il l'informa à son tour. Tous convinrent qu'il fallait sans plus tarder avertir le premier magistrat de la ville.

L'entrevue avec le maire, à son domicile, n'avait duré qu'un instant. Celui-ci avait été d'avis de se rendre immédiatement chez le préfet pour l'avertir du danger.

Le petit comité tomba rapidement d'accord sur les mesures qu'il convenait de prendre, sans perdre de temps. Cette fois, pas question de retarder les décisions et de se laisser surprendre par la crue. L'expérience acquise dans ce domaine devait être utile. Les conséquences du désastre de 1846 se faisaient encore sentir. Il fallait éviter une nouvelle submersion de la ville. Il fut décidé que, par tous les moyens, les levées de Rochepinard, sur le Cher, au midi de la ville, ainsi que celles du canal reliant la Loire au Cher, seraient consolidées et élevées de deux mètres. À cette hauteur, elles dépasseraient de cinquante centimètres le seuil fatidique de 1846.

Malgré la longueur de ces levées, ce travail n'apparut pas infaisable. La population de la ville était de trente mille personnes, ce qui laissait supposer qu'il y avait environ neuf mille travailleurs potentiels. Il fallait renforcer les banquettes des levées de trois mètres de terre à la base et d'un mètre au sommet. L'ingénieur calcula. Il faudrait remuer neuf mille mètres cubes de terre. En recrutant neuf mille travailleurs sur les chantiers, c'était chose facile, chacun n'aurait à déplacer qu'un mètre cube.

– Parfait, conclut le préfet. Monsieur le maire, vous vous occupez de prévenir la population, vous, Monsieur l'ingénieur, vous vous chargez d'organiser le chantier. Messieurs, au travail !

Dix heures du matin

Le maire, ayant réuni un grand nombre de personnes en sa mairie, fit rédiger des affiches :

Avis aux habitants !

La ville de Tours est menacée d'un grand danger, par suite des crues simultanées de la Loire et du Cher.

D'après les nouvelles arrivées cette nuit, la crue de la Loire égalait à Nevers celle de 1846, à Vierzon l'élévation des eaux atteignait celle de l'inondation dernière et le Cher continuait à monter rapidement.

Un grand effort est donc nécessaire pour prévenir les calamités que cette double inondation fait craindre.

L'administration municipale invite les habitants valides à se transporter, avec des pelles et des pioches, sur la levée du canal de jonction de la Loire et du Cher, où des ateliers de travail sont organisés par les soins de Messieurs les ingénieurs des Ponts et

Chaussées. Les ouvriers munis de leurs outils, qui se feront inscrire aux ateliers du canal, seront payés deux francs cinquante par jour.
Tours, le 1ᵉʳ juin 1856.
Le maire,
Monsieur Mame.

Tandis que les affiches étaient placardées, le tambour de ville battait la générale.

⌒⌒

C'était le dimanche de la Fête-Dieu.

⌒⌒

La population continua d'élever des reposoirs et de les décorer de fleurs en vue de la procession. Pour une fois, le spirituel prenait le pas sur le matériel. L'hommage à Dieu primait sur les exigences des hommes. Le jour de sa fête, Dieu ne pouvait permettre que fleuve et rivière vinssent perturber la cérémonie. Certains virent, dans cet empressement à mobiliser, une manœuvre pour minimiser la puissance de l'Église. Quelques personnes, peu motivées par la solennité religieuse, se portèrent jusqu'aux rives du Cher. Voyant la rivière mollement installée à trois ou quatre mètres au-dessous des butées de terre, elles ne crurent pas un instant à l'imminence de la crue. Il n'y avait pas urgence à enfiler la tenue de travail. Certains, toujours empressés à rendre service à la communauté, étaient déjà sur les lieux à pied d'œuvre.

Pompiers, agents voyers, architectes essayaient d'organiser des noyaux d'ateliers, mais les bonnes volontés se trouvaient vite découragées. Les outils manquaient, les ordres se contrariaient, la motivation se dissolvait…

Des ouvriers discutaient le prix du travail. Deux francs cinquante, une aumône. Toute la semaine, ils s'activaient suffisamment pour s'accorder un jour de repos. Pour l'heure, il n'y avait pas lieu de travailler pour si peu. Ma foi, plus tard, si les événements le commandaient…

Dans certains quartiers, celui de la Poissonnerie, le long des quais de la Loire, les habitants étaient déjà occupés à se garantir eux-mêmes contre la crue. Par expérience, ils savaient qu'ils seraient les premiers touchés. Ils subissaient régulièrement les plus gros dommages. Combien de fois par le passé, les autorités avaient-elles fait fi de leurs observations, quand elles ne les avaient pas purement et simplement abandonnés à leur sort ? Dans ces conditions, ils refusaient de quitter leurs quartiers pour se rendre là où les autorités l'avaient commandé.

À quatorze heures, le bruit se répandit que le Cher, qui se maintenait à trois mètres quarante-quatre aux premières heures de la matinée, venait d'atteindre trois mètres quatre-vingt-quinze. L'appel du maire commença à porter ses fruits. Les effectifs des ateliers crûrent d'heure en heure. Malgré les réquisitions prises de tous les outils disponibles dans les magasins des taillandiers et des quincailliers, la mise en œuvre était laborieuse. La plupart du temps, les pelles, les pioches en stock n'avaient point de manche. Il était quasi impossible d'en fabriquer d'aussi grandes quantités en si peu de temps. Pour assurer le transport de la terre nécessaire aux remblais, les chevaux manquaient. Dès l'annonce de la crue, par sécurité dirent-ils, les maîtres les avaient mis à l'abri, hors de la ville, sur les coteaux. Par précaution, l'ingénieur fit réquisitionner de nombreux sacs de jute et fit acheter deux mille mètres de toile.

La demeure de Tourangeau n'avait pas été épargnée par la dernière crue. Il avait été, comme tous, pris de vitesse et n'avait pu effectuer qu'un voyage avec son char à bras, si bien que seuls quelques meubles avaient pu être mis à l'abri.

En se retirant, les eaux avaient laissé une boue tenace dont il avait été difficile de se défaire. Il avait fallu des semaines pour que l'humidité ambiante disparaisse, que les murs s'assèchent, que la puanteur s'estompe.

∿

Marie et Tourangeau s'étaient interrogés dès l'annonce de la crue. Que convenait-il de faire ? Fallait-il oui ou non protéger son bien ?

– Nous avons promis d'apporter un panier de pétales de pivoines pour la mosaïque de fleurs. La maison peut attendre un peu, répondit Marie. La Loire est bien basse encore… Avant qu'elle ne soit prête à entrer chez nous, la procession sera terminée.

– La bougresse pourrait bien nous surprendre en pleine adoration ! Enfin, comme tu veux, finissons d'abord ce paillon !

La rue avait belle allure. Tous les habitants s'y étaient mis et, depuis le lever du jour, chacun s'activait, remplissant avec beaucoup de conscience professionnelle la tâche qui lui était impartie. Les uns avaient en charge la décoration d'un reposoir dressé à l'angle de la rue. Le menuisier avait assemblé quelques planches afin de bâtir

298

un autel provisoire. Les femmes avaient bien vite dissimulé les planches disgracieuses, sous des nappes de dentelle et avaient composé moult bouquets de fleurs, qui embaumaient l'atmosphère et donnaient à l'ensemble belle allure. Les autres avaient pour rôle d'agrémenter le parcours que la procession emprunterait. Chaque année, chaque quartier avait à cœur de faire mieux encore que le quartier voisin. Des plans, jalousement dissimulés, étaient mûris durant de longs mois. Cette année, l'équipe avait décidé de réaliser une tête de Christ de quatre mètres carrés. À même le sol, s'inspirant d'une image pieuse, le plus adroit avait tracé à la craie, dans le cadre défini, les grands traits du visage. Les autres étaient chargés de donner du relief au portrait en y ajoutant des touches de couleur. Pas d'encre, de poudre pour colorer le visage, rien que des pétales de fleurs. Les rouges vifs, les roses soutenus, les blancs immaculés étaient rendus par les pivoines qui poussaient à profusion dans les jardins. Les bleus, les mauves, les bruns, les jaunes étaient donnés par les giroflées tardives, les ravenelles, les iris ou les roses…

Tout à l'heure, Monseigneur, présentant l'ostensoir à la foule massée sur le parcours, louant Dieu de ses chants, piétinerait cette œuvre éphémère que des hommes et des femmes avaient créée, à la seule gloire de Dieu.

Dès la fin de la procession, Tourangeau prit quelques dispositions dans le logis au cas où il faudrait, en toute hâte, faire face à la montée des eaux. Puis il se rendit sur les quais de la Loire pour prêter main-forte, en compagnie de ses voisins.

Dans la nuit de dimanche à lundi, la première ligne de défense de Tours prit forme. Ordre fut donné de faire des fascines, des piquets, de construire des batardeaux, partout où il y avait des ouvertures. Tandis que certains confectionnaient des sacs, d'autres les remplissaient, d'autres acheminaient de la terre, transportaient des madriers, des barres à mine, d'autres encore épandaient des fumiers le long des banquettes. Avec la nuit, de nombreuses équipes s'interrompirent. Seuls les fournils des boulangers fonctionnèrent sans discontinuer, le maire ayant ordonné de faire le plus de pain possible pour nourrir toute la population des travailleurs et constituer des stocks si le pire devait arriver.

Au lever du jour, en voyant les eaux du Cher qui semblaient brusquement gagnées par la furie, travailleurs, patrons, commerçants abandonnèrent leur scepticisme pour se hâter, pelles et pioches à la main. Lorsqu'ils s'en étaient retournés chez eux pour la nuit, le Cher avoisinait les quatre mètres, à onze heures ce lundi matin, il atteignait cinq mètres trente-huit. Il était temps d'exhausser les levées, d'augmenter les résistances. Des heures précieuses avaient été perdues. Le télégraphe en était peut-être indirectement la cause.

Jusque-là, l'annonce des crues se faisait en concomitance avec l'arrivée des eaux. En 1825, un cavalier lancé au galop, le long des rives, descendait le fleuve en annonçant la crue. Il précédait le flux de si peu que les hommes n'avaient qu'à observer le fleuve à son passage pour reconnaître les premiers signes de sa révolte.

En 1846, le convoi du chemin de fer avait apporté le courrier annonciateur de la crue. Le temps gagné sur l'arrivée des eaux aurait pu être suffisant pour décider des dispositions à prendre, mais là, ne prenant pas au sérieux la menace, les autorités avaient accordé plus d'attention aux indications données à l'échelle d'étiage (deux mètres) qu'au message reçu.

Cette fois, les autorités ne voulant pas faire l'objet des reproches précédemment encourus par elles ou leurs prédécesseurs, avaient été attentives au message, mais elles n'avaient pas réussi à convaincre la population de l'imminence du danger.

Vers midi, le télégraphe crépita de nouveau, confirmant les précédents messages. Le maire envoya le tambour battre la générale et fit afficher un nouvel avis :

Habitants de Tours,

Les dernières dépêches télégraphiques sont très alarmantes : ce matin, à onze heures, la Loire était à sept mètres trente-cinq au point d'Orléans, il faut nous attendre à avoir ici une crue qui dépassera cinquante centimètres environ celle de 1846.

Le Cher aussi a atteint une élévation énorme, et il y a des secours à porter de tous côtés.

L'administration municipale fait donc appel à tous les hommes de bonne volonté, elle invite les ouvriers à quitter momentanément leurs ateliers ordinaires, pour se porter sur les levées menacées et elle indique à tous les citoyens, comme lieux de travaux où leurs bras pourront être utilement employés :

1. La levée de Rochepinard, de l'avenue de Grammont à l'écluse du canal.

2. La levée du canal, de l'écluse au pont du milieu.

Tous ceux qui ont des outils sont invités à les porter avec eux, les conducteurs de travaux en fourniraient à ceux qui en manqueraient.

Dès l'ouverture de *À la ville de Paris*, les discussions s'engagèrent. Que convenait-il de faire ? Pécher par prudence et vider le magasin des marchandises, travail de toute évidence impossible à réaliser par les employées habituelles ; il fallait recruter, ou bien parier sur une montée des eaux que les hommes parviendraient à maîtriser.

Benjamin était d'avis de constituer un rempart de sacs de sable devant l'entrée principale et celle de l'arrière-boutique.

François, venu prêter main-forte, inexpérimenté dans ce domaine, n'imaginait pas que le flot puisse se répandre dans la ville et tout saccager sur son passage. La crue de 1846 ne pouvait être que tout à fait exceptionnelle !

Les femmes, Marie, Jeanne, Angèle, étaient plutôt partisanes de commencer à évacuer les marchandises. Les employées rechignaient quelque peu, voyant que cette tâche allait leur revenir. Impossible de consulter Tourangeau. Parti de grand matin sur les quais, il n'avait pas reparu.

Finalement, un compromis fut trouvé. Benjamin et François furent chargés de stocker quelques sacs qu'ils mettraient en place si nécessaire, ainsi l'entrée demeurerait accessible aux clientes et clients éventuels, tandis que les employées se limiteraient, du moins pour le moment, à hisser sur les étagères les plus hautes tout ce qui était installé au ras du sol…

Alors que la place de l'Hôtel-de-Ville était encombrée de curieux qui hésitaient encore sur l'attitude à prendre, débouchèrent sur le pont, musique en tête, armés de pelles et de pioches, quelque deux cents colons de Mettray venus offrir leur aide. Cet exemple entraîna l'adhésion subite des compagnies d'infanterie et des escadrons du 2e lancier, tous se rendirent sur les lieux des chantiers. Il était plus que temps. Déjà, sur plusieurs points, les eaux filtraient à travers la levée. Elles atteignaient les banquettes, amollissaient les terres. La sécurité des travailleurs n'était plus assurée. Chose incroyable, le Cher avait englouti deux mètres de terre en une heure trente.

Un homme, qui avait été posté sur la route impériale de Tours à Nevers, revint affolé rendre compte de son observation :

– À onze heures, dit-il, la route était libre. À onze heures dix, elle était coupée, il y avait une bonne trentaine de centimètres d'eau. À midi, l'eau avait atteint un mètre cinquante.

Dans la commune de Saint-Avertin, c'était le sauve-qui-peut général. Tous les habitants étaient occupés au sauvetage de leurs biens quand l'eau s'était déversée dans le bourg. Beaucoup n'avaient pu fuir devant la promptitude des eaux à se répandre dans les rues. Les occupants, faute de mieux, s'étaient réfugiés dans les étages ou dans les combles des maisons. Ils ne pourraient demeurer là longtemps. Certaines bâtisses, minées par le courant, menaçaient déjà de s'écrouler. Les évacuations étaient difficiles. Pourtant, les barques arrivèrent. Les mariniers déployèrent avec peine des échelles longues parfois de six à sept mètres. La manœuvre était audacieuse. Il fallait maintenir la barque malgré les courants, élever l'échelle, la stabiliser en prenant appui sur le plancher mouvant de l'embarcation qui menaçait à chaque instant de se retourner. Néanmoins, les sauveteurs firent tout leur possible pour évacuer les inondés, risquant à tout moment leur propre vie.

Alors qu'ils étaient occupés à ce travail, des cris aigus parvinrent de la levée de Rochepinard, sur la rive opposée au bourg de Saint-Avertin. Un silence impressionnant suivit l'écho des clameurs. Tous comprirent que le désastre avait eu lieu. Les travaux entrepris avaient été insuffisants pour contenir la masse d'eau. La levée avait cédé…

La baisse provisoire et rapide des eaux, quarante centimètres dans Saint-Avertin, confirma les impressions. Le Cher, vainqueur, s'offrait une escapade à travers les varennes de la Ville-aux-Dames et de Saint-Pierre-des-Corps.

Le silence de mort ne dura pas. Bientôt, des cris d'effroi accueillirent la rivière à son passage. Aux clameurs des habitants s'ajoutait le roulement effrayant des eaux s'étalant à l'envie, arrachant tout sur leur passage, heurtant avec fracas l'arche du pont de la voie de chemin de fer de Bordeaux.

Déjà, des barques descendaient le Cher pour porter secours. Des yoles essayaient de traverser la rivière tumultueuse. Les unes et les autres se trouvaient dans les pires difficultés. Le courant, qui rendait les barques incontrôlables, les portait aussi bien contre les débris des maisons, qui avaient explosé sous la poussée des eaux, que contre des épaves de toutes sortes, machines agraires, arbres déracinés, futailles, animaux surnageant avec peine ou réduits déjà à l'état de cadavre. L'eau boueuse, entraînant avec elle aussi bien de la craie que de la glaise, du lait que du vin, de la paille que du charbon, se teintait de couleurs moirées qui dissimulaient les épaves qu'elle véhiculait. Parfois, une embarcation frôlait la cime d'un arbre qui était demeuré debout, digne, impassible. Parfois, un canot s'immobilisait presque en raclant de son fond un tumulus de terre, qui, habituellement, dominait les eaux et qui, en cette circonstance, était devenu successivement îlot puis terre immergée.

Depuis un moment, des femmes isolées sur une extrémité de la levée s'évertuaient à se faire remarquer pour qu'on leur portât secours. Un marinier voulut s'y rendre. Il dut renoncer devant la furie des eaux. Sa barque était trop lourde à manier à lui seul. En le voyant s'approcher, puis s'éloigner aussitôt, les femmes s'imaginèrent abandonnées de tous. Elles tombèrent à genoux, suppliant Dieu de leur envoyer un sauveteur. Elles reprirent espoir quand elles virent l'homme revenir en bonne compagnie. À quatre maintenant à tirer sur les rames, ils pensaient venir à bout du courant qui voulait les précipiter vers la brèche.

De partout parvenait l'écho du tocsin. À Tours, à Saint-Avertin, à Joué, à La Riche, à Saint-Cyr, à Saint-Symphorien, à La Ville-aux-Dames, à Saint-Pierre, toutes les cloches des églises tintaient, annonçant à toute la population que le désastre allait fondre sur elle.

La démoralisation était générale. À quoi bon poursuivre des chantiers puisque l'irréparable s'était déjà produit ?

Pourtant, le pire était peut-être encore à venir. La Loire qui, jusque-là, grossissait lentement, régulièrement, qui semblait vouloir contenir ses pulsions, fut prise d'une féroce frénésie de débordement. Sans éprouver la moindre indigestion, elle dévora marche par marche l'escalier qui permettait de descendre jusqu'à elle, lorsqu'en été, elle se faisait avare de ses eaux. Dans la nuit de lundi à mardi, elle recouvrit le chiffre six de l'échelle des eaux.

Mais un ennemi plus redoutable encore, plus sournois que la Loire, que le Cher, se préparait à entrer en lice, le canal du Berry. Depuis que cette construction avait été réalisée, la ville pouvait être submergée par trois côtés, tout à tour ou à la fois. Bien des autorités, des promoteurs affectaient d'ignorer cette éventualité. Pourtant… au nord, la Loire, vieille rivale, au midi, le Cher, challenger, au levant, le canal ; la ville vivait sous la menace des eaux.

Dès l'alerte, l'ingénieur en chef avait fait surveiller avec un soin particulier la levée de la Loire de Montlouis au canal. Toute sa stratégie pour épargner la ville consistait en un relevage de la levée du canal en amont de la ville. Si le volume d'eau devenait problématique, il espérait utiliser le canal comme déversoir, vers le Cher. Cependant, l'homme propose, Dieu dispose… Son plan ne valait plus rien. La brèche s'était produite à Rochepinard et les eaux du Cher s'étaient précipitées dans les varennes, fouillant les levées du canal sur toute sa longueur.

Mardi 3 juin – Quatre heures du matin.
Cote de la Loire : six mètres cinquante

Les nouvelles les plus sinistres couraient la ville. La nuit rendait l'observation plus délicate encore. La moindre infiltration, à travers la levée, prenait un tour dramatique. L'eau filait rue de la Paix, rue des Tanneurs. La lueur des torches était trop faible pour définir avec exactitude si la défaillance était circonscrite à un endroit précis ou si la levée lâchait sur une longueur importante.

Informé en permanence des dégâts, le maire décida, une fois encore, de battre la générale et de rappeler la population sur le front de Loire. En quelques minutes, des milliers d'hommes, de femmes, d'enfants se portèrent sur les quais de la Poissonnerie. Terre, paille, fumiers arrivèrent à nouveau par tombereaux, par charrettes, par brouettes et même sur des civières. Là, plus de rang, plus de bienséance, plus de rancœur, tous étaient à l'ouvrage, tous faisaient preuve de courage. Pompiers, gendarmes, hommes de troupe, officiers, employés, ouvriers, patrons, tous affrontaient le danger. Ils retrouvaient ensemble l'ambiance qu'ils avaient connue aux pires heures de la crue de 1846. Un seul cri, un seul ordre : sauver la ville !

À force de combler, les matériaux commençaient à manquer. L'ingénieur décida d'emprunter de la terre aux promenades.

∿

La cote de la Loire grimpait inexorablement :
Cinq heures trente : six mètres soixante-huit
Douze heures : sept mètres quatre
Six heures du soir : sept mètres trente

∿

Toute la journée du lundi avait été employée à manipuler les marchandises dans la boutique. À un demi-mètre du sol, il n'y avait plus rien. Tout avait été hissé, empilé, entassé… On ne pouvait rien faire de plus, sinon se lancer dans un déménagement systématique. Encore aurait-il fallu trouver un endroit approprié pour y porter le stock, ainsi que des voitures pour le transporter. Or, elles étaient devenues introuvables. Le mardi, dans la matinée, les employées vinrent aux nouvelles. Toute la nuit, comme leurs voisines, elles avaient prêté main-forte ici et là. Que devaient-elles faire ? Continuer à s'activer sur le front de Loire, apporter leur concours à la lutte entreprise pour contraindre le fleuve à rester dans son lit, ou bien venir à la boutique se mettre à la disposition des patronnes ?

L'affaire fut vite entendue. Il valait mieux éviter à tout prix le déversement du fleuve dans la ville. Peut-être y parviendrait-on ?

Dans la soirée, le Cher, qui avait donné l'impression d'amorcer une légère décrue, reprit son projet d'expansion. À dix heures trente du soir, sa cote était remontée à cinq mètres soixante-douze. À onze heures, la Loire atteignait le maximum annoncé, soit sept mètres cinquante-cinq.

Depuis quatre heures du matin, la population travaillait sans relâche. Jamais le péril n'avait été aussi grand. Le flot commençait à combler les cintres, les arches du pont. Que pouvait-on opposer à cela ? Le pont tiendrait-il ? Résisterait-il à une traction aussi forte ? Impuissants, les hommes, les femmes regardaient le courant s'engouffrer sous les arches, redoutant que quelques épaves ne vinssent heurter les piles et réduire à néant l'ouvrage. Comment détourner, arrêter un arbre entraîné par le flot ? À nouveau, le découragement envahit les esprits. L'ardeur mise à empêcher les renards, à boucher les infiltrations, à combler les fissures, laissa place à la fatigue. Tous sentaient bien que la levée d'origine, faite de sable et de pierres sèches, dont la largeur ne dépassait pas deux mètres, ne pourrait malgré les efforts, offrir une longue résistance aux flots qui venaient se briser sur elle.

～

Aussi loin qu'on pouvait voir, en amont comme en aval, rien qu'une masse d'eau bouillonnante, écumante. On avait du mal à réaliser qu'elle atteignait sept cent cinquante-cinq centimètres de profondeur. Le regard était terrifié à cette vision. Le corps frissonnait. La peur vous prenait au ventre. L'homme n'était plus rien, la prétention, dont il se prévalait parfois, sombrait dans le ridicule. L'homme de la rue, instruit de toutes choses, désappointé, se retournait vers le marinier pour se rassurer.

– Qu'est-ce que tu en dis, toi ? Elle ne peut pas monter encore ?

– Va savoir ! Regarde un peu les gabares valser !

Les embarcations s'entrechoquaient entre elles malgré les précautions. Certaines avaient pris le large, rompant leurs attaches, s'offrant un divertissement. Elles n'avaient pas joui longtemps de leur liberté. Elles avaient explosé dans un grand fracas, en rencontrant quelque obstacle.

Bien qu'il fût difficile de se hisser à bord, certains mariniers tentèrent de lancer des amarres supplémentaires et de glisser, entre les bords, des cordages d'osier tressé pour amortir les coups. Ce faisant, les mariniers songeaient moins à sauver leurs biens qu'à éviter qu'une embarcation s'échappât et heurtât une pile du pont, provoquant son effondrement et rendant impossible tout passage d'une rive à l'autre.

Par lassitude, par découragement, par manque de matériaux, par crainte pour leurs biens laissés en état dans leurs demeures, la plupart des habitants regagnèrent leur domicile.

Tandis que certains s'éloignaient des chantiers, les autorités furent informées d'une affaire urgente. Si le pont de pierre dominait encore quelque peu l'eau à cette heure, le tablier du pont suspendu de Saint-Symphorien, un peu en amont, était, lui, submergé. Dès cinq heures du soir, ses extrémités étaient recouvertes de quarante à cinquante centimètres d'eau. Celle-ci rebondissait et retombait en gerbe sur la rampe, se détournant de son chemin habituel pour s'offrir un petit tour rue Saint-Maurice. Sans nul doute, sous la pression, le pont suspendu allait se débarrasser de ses attaches. Qu'adviendrait-il du pont de pierre quand le tablier de métal, les chaînes viendraient heurter ses fondations ?

En un instant, ce fut la panique générale dans la ville. Les bruits les plus divers circulaient. Certains disaient que le pont de métal allait se rompre, d'autres qu'il s'était déjà détaché. Que le pont de pierre n'était plus qu'un amas informe. À ces mots, l'ingénieur eut une défaillance. Heureusement, quelques hommes conservèrent leur sang-froid et se rendirent sur place constater les faits. Face à l'adversité, le pont repoussait les assauts. Sa résistance était mise à rude épreuve, mais il tenait. Un batardeau fut établi afin de faire cesser l'épanchement et de ramener les eaux vers leur écoulement habituel.

L'annonce d'un possible éboulement du pont ne fut pas sans effet. Le général de division, désirant mettre sa responsabilité à couvert, consulta le général de brigade, et, ensemble, ils ordonnèrent, par simple prudence dirent-ils, l'évacuation des casernes d'infanterie, de cavalerie et de gendarmerie.

Dans la nuit devenue dense, les chevaux furent sellés. Formés en escadrons de campagne, avec fourrages, bidons et ravitaillement, les régiments quittèrent la ville, gagnèrent les hauteurs pour y établir leur bivouac. Les supplications des élus pour ajourner cette décision n'eurent pas raison de la détermination du général.

À l'entrée du pont, François l'apostropha :

– Mon général, vous ne pouvez abandonner la ville. C'est une désertion.

– Écartez-vous, jeune homme, vous me faites perdre mon temps. Je connais mon devoir.

– Vous aurez à répondre de vos actes.

Les yeux ébahis, la révolte au cœur, la population, restée à défendre sa ville, vit avec effroi la troupe l'abandonner.

Si l'armée ne donnait pas l'exemple du courage, l'Église, elle, ne manquait pas à son devoir. Son Éminence le cardinal Merlot, les mains dans la boue, la robe tachée de terre, luttait aux côtés de ses ouailles, s'évertuait à leur redonner courage.

À nouveau, les matériaux firent cruellement défaut. L'ordre arriva d'abattre les murs des jardins privés pour en emprunter les pierres. Les hommes n'avaient plus grand-chose à opposer aux assauts des courants. La Loire semblait trouver un malin plaisir à prendre son élan depuis la rive droite pour venir heurter avec force, tel un bélier, la partie la plus faible du rempart édifié par les hommes, le point de jonction du fleuve et du canal.

〜

– Maudite rivière, tu sais bien que c'est là que tu dois frapper !

Tourangeau maugréait au milieu des mariniers qui observaient le courant de Rochecorbon accomplir son travail de sape.

Bien que son visage soit rongé de fatigue, que sa barbe envahisse ses joues, que son estomac crie famine, que ses vêtements soient détrempés, boueux, Tourangeau n'envisageait pas un instant d'abandonner le front de Loire, tant que le fleuve n'aurait pas montré qu'il renonçait à poursuivre son agression.

Jamais lutte aussi étroite n'avait été menée. Jamais elle n'avait osé déverser tant d'eau. Jamais elle n'avait atteint de tels sommets. Ainsi montrait-elle que son ambition ne connaissait pas de limites. Que, toujours, elle pourrait défier les hommes à l'imagination trop étroite.

Tourangeau avait été de toutes les batailles. Il n'était pas prêt à baisser les bras. Au fond de lui-même, il n'était pas mécontent que la Loire

316

rappelât à tous son existence. Les mariniers faisaient trop souvent figure de trouble-fête avec leurs revendications, leurs mises en garde. Élus, notables, administrateurs, riverains, usagers avaient besoin de ses coups de gueule pour se souvenir d'elle…

– Y a-t-il un dénommé Tourangeau par ici ?

La lueur sautillante des torches ne permettait pas d'identifier l'homme.

– C'est moi, que me voulez-vous ?

– Tu ne me reconnais pas ? Manolo.

– Ça par exemple, est-ce bien toi ? Ma foi oui… T'es donc pas au grand saloir ! Dieu, que tu as changé !

〜〜

Les deux hommes tombèrent dans les bras l'un de l'autre. Émus, ils ne trouvaient pas de mots. La nuit dissimulait leurs regards, c'était peut-être mieux ainsi…

Malheureusement, les retrouvailles furent brèves. Ce n'était pas le moment de se lancer dans de longs récits. Il fallait garder en soi encore quelque temps son histoire et faire face aux événements présents.

– Sauvez-vous ! Garde-toi, Tourangeau !

Dans un grand fracas, dans la poussière, dans des gerbes d'eau, la levée s'écroula, emportant avec elle la maison de l'éclusier.

– Manolo, rends-moi service. Tu te souviens où j'habite ? Alors, il n'y a pas une minute à perdre, va chercher Marie et ramène-la à la boutique. C'est encore là qu'elle craindra le moins. Moi, je vais avertir François et Angèle, ils sont juste sur le passage des eaux, il faut qu'ils déguerpissent et se réfugient *À la ville de Paris*.

Tourangeau arriva à hauteur de la gare presque en même temps que le flot, malgré sa course effrénée. Dans un bruit étourdissant, l'eau dévalait le mail, emplissait l'embarcadère, inondait les rues du Rempart, de Bordeaux, de Paris…

Tourangeau n'eut pas de peine à les réveiller. François était à la fenêtre, cherchant à comprendre ce qui se passait, ne sachant quelle attitude adopter.

– Vite, prenez juste le nécessaire pour vous et votre enfant ! Venez avec moi, il faut vous mettre à l'abri à la boutique. C'est la bâtisse la plus solide. Il n'y a plus de miracle à attendre. Le canal a cédé…

Déjà, Angèle avait retiré de son berceau sa fille. Elle l'avait confiée à François, tandis qu'elle entassait, dans un sac mille choses.

– Ne traînez pas, insistait Tourangeau, ne vous encombrez pas.

François ne voulait pas abandonner la maison. Angèle refusait de partir s'il ne la suivait pas.

– Ce n'est pas le moment, trancha Tourangeau. Voulez-vous être engloutis tous les trois ? Non. Alors, partons tout de suite, dit-il, saisissant un panier qu'il remplit de victuailles.

En pataugeant, ils franchirent le mail transformé en cloaque. Déjà, de vrais torrents s'installaient. Au jugé, tels des fuyards, dans les rues traversées par les lueurs vacillantes et fugitives des torches des habitants qui, comme eux, cherchaient refuge, ils gagnèrent la boutique.

À leur entrée, tous furent rassurés, Marie, Jeanne, Benjamin et Manolo étaient déjà là. La surprise de retrouver là Manolo, conjuguée au plaisir de savoir la famille saine et sauve, pour un peu, ils auraient fait la fête malgré le désastre ambiant.

Les sacs de sable disposés par Benjamin devant les portes étaient une protection dérisoire. Pour le moment, le flot venait battre contre eux avec velléité, les contournait avec nonchalance, car au bout du compte, il avait la certitude de conquérir tout le rez-de-chaussée, de se répandre à loisir quand il le voudrait.

Manolo était soumis au feu des questions. Étonnement, émerveillement, curiosité, impatience, une nuit de récit ne suffirait à répondre à leur attente. Pragmatique, Tourangeau reporta les retrouvailles.

– Bon, François et Benjamin vont rester avec vous. Il ne faut pas compter demeurer à cet endroit. Dégagez l'étage et installez-vous.

– Mais il y a plein de tissus entreposés…

Marie n'eut pas le temps d'achever sa remarque.

– Tant pis, s'il faut sacrifier d'autres marchandises… Vous n'avez pas l'air de comprendre que si nous ne parvenons pas à nous rendre maîtres de la brèche, c'est bien autre chose qui nous attend, c'est un désastre sans nom… Allez, foin des discours! Manolo et moi, nous retournons sur la levée, près du canal. Nous vous tiendrons au courant de la situation.

Tourangeau n'avait pas consulté Manolo. Il n'avait pas eu à lui demande son accord. D'instinct, il savait que Manolo le suivrait. Les deux hommes étaient aussi sûrs l'un de l'autre, que s'ils s'étaient quittés la veille.

Sur le canal, la brèche s'agrandissait à chaque instant. Des pans de terre s'affaissaient, laissant filer le flot, conquérant invincible de la ville.

– Il ne faut pas rester ici.

– Tout est miné.

– Les maisons vont s'effondrer.

– Le torrent va nous emporter.

– Coûte que coûte, il faut reprendre le contrôle de la levée, sinon, tout sera fichu.

– Que faire ? Les matériaux sont inutiles.

– Comment arrêter le flot ?

– Qu'opposer comme résistance ?

– Et si nous chargions des gabares et que nous les coulions devant la brèche ?

Faisant fi de leurs biens, les mariniers présents n'hésitèrent pas. Encore fallait-il pouvoir amener les embarcations dans le canal. Encore convenait-il de les charger suffisamment.

En peu de temps, tout ce qui faisait poids se trouva dans les gabares. Luttant contre le courant contraire, tirées par des grappes d'hommes, quelques gabares furent amenées devant les brèches. Ils mirent toutes leurs forces dans cette dernière manœuvre. Leurs mains calleuses, qui avaient empoigné bien des cordages, qui avaient halé bien des gabares, n'avaient jamais autant enduré la brûlure du chanvre.

Tourangeau ne laissa à personne le soin de couler *La Confiance*. Tandis qu'à son bord des hommes téméraires descendaient des ancres, d'autres, du rivage, s'arc-boutant sur le sol meuble, tiraient sur des amarres pour l'empêcher de partir dans le courant. La couler le plus près possible de la brèche pour faire obstacle au déversement des eaux était plus facile à dire qu'à réaliser. Lorsque *La Confiance* fut à peu près en place, Tourangeau se saisit d'une hache. Il commença à frapper pour faire éclater le bois, un bois qu'il avait entretenu avec un soin extrême durant des années. Il criait, il hurlait en abattant sa hache, comme si l'effort était insurmontable. C'était sa façon de dissimuler aux autres qu'il réglait ses comptes avec cette maudite rivière. Il déversait sa colère, il l'insultait, il lui disait son mépris, il la maudissait comme un homme épris, voyant s'éloigner la femme adorée, lui crie sa haine, son dégoût parce qu'il ne peut lui dire qu'il l'aime.

- Garce, tu m'as tout pris, ma jeunesse, mes amis, aujourd'hui, tu me prends ce que j'ai de plus cher, ma gabare...

Les yeux embués, le geste vigoureux mais incertain, il frappait, s'enivrant des coups qu'il portait.

Bientôt, la Loire prit possession du ventre de *La Confiance* avec délectation.

– Pardon, pardon, murmura-t-il, les yeux fixés sur la charpente qui disparaissait peu à peu.

– Saute, saute! lui criaient ses amis de la rive.

Tourangeau n'entendait rien, il restait là, hébété, incapable de s'arracher à son embarcation qui sombrait.

Il revint à la réalité en heurtant brutalement le sol. Manolo avait bondi, l'avait attrapé, jeté par-dessus bord, sans ménagement.

Le sabordage de *La Confiance*, celui des autres gabares, de sapines, de toues ne suffit pas à enrayer le déferlement du torrent. Comme pour chasser de son esprit l'image de *La Confiance* engloutie par les eaux, Tourangeau s'activa plus que jamais.

– Ce n'est pas suffisant! Il faut trouver autre chose. J'ai une idée. Allez chercher vos voiles, elles seules pourront résister à la pression de l'eau. Cousons-les ensemble et descendons-les devant les brèches! Allez, vous autres, dépêchez-vous! Toi, arrange-toi pour installer un atelier de couture, trouve un endroit, vous, apportez des tables, des lampes. Appelez les femmes, qu'elles viennent avec tout leur bataclan, ciseaux, fils, aiguilles… Vite, c'est notre dernière chance !

Marie, Jeanne, alertées par Manolo, les épouses des mariniers, les femmes des faubourgs, qui pouvaient encore circuler sans trop de peine, surtout sans l'aide d'une barque, des religieuses même, offrirent leurs mains. Sous un hangar, un vaste atelier, éclairé par des torches, des lampes-tempêtes, fut bientôt en état de produire. Les voiles étalées sur les tables furent cousues à petits points serrés. Pressées par le temps, elles travaillaient à plusieurs sur un même ouvrage. La toile était rugueuse, rêche, impossible à coudre. Les aiguilles cassaient, le fil se rompait, les doigts écorchés saignaient sous les piqûres, les yeux larmoyaient à force de fixer la toile dans une lumière instable.

À six heures du matin, le premier assemblage fut achevé. À six heures quarante-cinq, le second. À sept heures trente, le troisième. Sans répit, elles tiraient l'aiguille, tandis que l'eau continuait à se déverser dans la ville. Les maisons encore épargnées étaient rares. Elles étaient prises d'assaut par la famille, les amis, les relations venus s'abriter. Dans toute la ville, la population émigrait des rez-de-chaussée vers les étages. Dans les quartiers les plus bas, il était devenu impossible de circuler sans l'aide d'une embarcation. Déjà, certaines maisons vétustes étaient menacées d'effondrement. Dans les pièces traversées par l'eau, des courants se formaient, des tourbillons se creusaient. Le grand bazar était dans la rue. Des gamins s'amusaient de cette situation. Installés sur le rebord des fenêtres, ils se constituaient un trésor.

Dans la matinée, des femmes qui étaient demeurées chez elle pour la nuit, à cause des jeunes enfants qu'il fallait garder, vinrent rejoindre l'atelier de fortune. Des hommes transportèrent un fourneau, et bientôt des cafetières fumantes circulèrent entre les travées, apportant un réconfort mérité.

Une fois un assemblage terminé par les femmes, les hommes prenaient le relais. Il fallait disposer les voiles devant la brèche. C'était une tâche délicate et dangereuse.

Même en prenant soin d'enrouler dans le pli du fond des pavés ou des saumons de plomb pour les lester, les voiles se bouchonnaient, vrillaient, se plissaient, ne s'étalaient qu'à grand-peine.

Isolés sur la levée, les hommes et les femmes occupés sur ce chantier n'avaient que peu d'informations sur la situation dans la ville. Parfois, un homme parvenait jusqu'à eux, annonçant deux mètres d'eau en tel point de la ville. Parfois, un autre, manœuvrant avec difficulté une toue, se dirigeait vers eux pour permettre aux inondés qu'il transportait de rejoindre la terre et lançait au passage un chiffre : deux mètres là, quatre mètres là-bas, cinq mètres chez la mère Picart.

Chaque annonce arrachait un cri d'effroi, provoquait des commentaires désespérés :

– Cinq mètres d'eau, mon Dieu ! Jamais de ma vie je n'ai vu ça !

– Mais où se sont-ils réfugiés ? Quelle grande misère !

– Qu'allons-nous devenir ?

Ceux qui avaient péniblement grimpé leurs meubles au premier étage n'eurent plus d'espoir de les retrouver en bon état. Ceux qui n'avaient songé qu'à l'intérêt général, dès l'annonce de la crue, et n'avaient pris aucune mesure chez eux n'avaient plus de regret. Tous étaient logés à la même enseigne. Après un moment de frayeur, de découragement, ils reprirent conscience qu'eux seuls pouvaient mettre fin au désastre, en colmatant les brèches, en supprimant le déversoir. Sans relâche, ils travaillèrent. En fin de journée, une vingtaine de voiles, avaient été disposées aussi bien devant les failles qu'en renfort sur la levée.

Comme si la tâche n'était pas déjà suffisamment rude, à vingt-deux heures, un ouragan s'abattit sur la ville. En un instant, une bourrasque de vent et de pluie vint souffler toutes les torches. La ville fut plongée dans le noir. Tous les habitants connurent la peur. N'était-ce pas la fin du monde ? Allaient-ils garder la raison ou se laisser gagner par la folie ?

Même les plus téméraires, les plus raisonnables n'en menaient pas large. Le courant, renforcé par le vent, redoubla. La levée était devenue si corrodée que les hommes étaient obligés de s'attacher à des cordes pour ne pas être engloutis dans les gouffres qui se formaient sur les banquettes. La population se sentait traquée, cernée par les eaux. La nuit donnait une dimension plus effrayante encore à la ville qui n'était plus qu'eau. Comme si elle n'était pas encore suffisamment humectée, assez ceinturée, le ciel déversait des torrents d'eau avec prodigalité !

Jeudi 5 juin

La tourmente se calma vers deux heures du matin. À la pointe du jour, les hommes commencèrent à réparer les dégâts de la nuit. Les voiles disposées tant bien que mal devant les brèches avaient été particulièrement malmenées. Les autres, étalées en renfort sur les levées, commençaient à remplir leur rôle. Elles enrayaient l'érosion des terres. De plus en plus, il apparaissait que, sans elles, les digues n'auraient pas résisté.

Tourangeau se rendit à l'atelier des femmes pour y chercher des voiles. Il croisa Son Éminence le cardinal toujours à la tâche, prodiguant des encouragements.

– En faisant cet ouvrage, ces dames auront fait beaucoup pour notre salut, dit Tourangeau.

– Le monde a toujours été sauvé par les femmes, répliqua Monseigneur. Nous aurons encore grand besoin d'elles pour panser les plaies, pour apaiser les douleurs quand le fleuve sera redevenu plus sage et qu'il faudra effacer les effets de son passage.

– Votre travail n'est pas inutile. Nous n'en mesurons encore que peu l'effet, à cause de l'ouragan qui a déplacé les voiles, mais une fois que nous les aurons remises en place, je crois que nous serons à nouveau maîtres de la situation.

Avant de regagner le chantier, Tourangeau s'approcha de Marie, qui travaillait en compagnie de Jeanne et de quelques femmes de sa connaissance :

– N'êtes-vous point épuisées ?

– Nous ne sommes sans doute pas les plus à plaindre.

– Pour ça, oui, répondirent-elles en chœur.

– As-tu des nouvelles de la boutique ?

– Sais-tu ce que font Angèle, François, Benjamin et la petiote ? Ne pourrais-tu aller voir ?

– Ne vous faites pas de souci pour eux ! Je suis sûr qu'ils sont demeurés sagement à l'étage. D'ailleurs, il n'y a rien d'autre à faire. Et puis, il n'y a peut-être pas tant d'eau là-bas qu'on le dit. Seules les marchandises auront souffert.

– Un qui doit se faire du souci, c'est Pierre. S'il a entendu parler de la crue, il doit avoir rebroussé chemin.

Le mari de Jeanne, viticulteur, avait quitté la ville depuis quelques jours pour un voyage d'affaires en Normandie. Il devait négocier une grosse partie de sa récolte avec un client installé à Alençon. L'affaire était importante, aussi n'avait-il pas hésité à porter lui-même les échantillons et à conduire la négociation. Nul autre que lui ne pouvait définir les qualités de son vin.

– De toute façon, le passage du pont étant interdit, s'il est là, il est probablement sur l'autre rive, à piaffer d'impatience.

– Pour Mathilde et Angèle, tout de même, tu ne peux…

– C'est promis, je porte les voiles et je vais à la boutique. Te voilà rassurée ?

Avant de s'éloigner, Tourangeau déposa sur son front un baiser. Marie, ne lâchant pas son ouvrage, lui répondit d'un clin d'œil. Comme au premier jour de leur rencontre, leur complicité était intacte…

En rejoignant ses amis, Tourangeau les trouva en plein désarroi.

- Que se passe-t-il ?

Un homme s'était aventuré dans le canal jusqu'à mi-corps. Il tentait de dégager une corde qui plongeait dans l'eau et qui refusait obstinément d'en sortir. Sur la berge, ses compagnons attelés à son extrémité tiraient en vain.

– Une voile s'est déplacée. Manolo a voulu aller la remettre en place. Nous avons d'abord refusé, puis devant son obstination, nous lui avons noué une corde, autour des reins et il a avancé prudemment. La terre s'est sans doute dérobée sous ses pieds. Il a été comme aspiré. Nous avons beau essayer de le ramener, la corde ne veut rien savoir. Elle doit être coincée.

Sans attendre, Tourangeau s'engagea dans l'eau. Il se laissa filer le long de la corde. Manolo avait perdu la vie. La corde était emmêlée dans les branches d'un arbre qui avait été abattu pour renforcer la digue. Tandis que Manolo s'engageait dans l'eau, le tronc avait dû rouler quelque peu, entraîné par le courant, et le cordage s'était trouvé coincé, l'empêchant de revenir à la surface. S'étant rendu compte de la situation, Tourangeau remonta, reprit son souffle, réclama un couteau et s'enfonça de nouveau sous les eaux.

⌇

Malgré plusieurs plongeons successifs, tout effort était devenu inutile. Manolo ne retrouverait jamais plus son souffle. Seul, Tourangeau ne semblait pas s'en rendre compte. À chaque fois qu'il refaisait surface, ses amis voulaient le retenir, mais il replongeait aussitôt. Il s'acharnait, s'énervait sur la corde qui résistait à sa maladresse. Lorsqu'elle céda enfin, il empoigna le corps de Manolo, mais sans comprendre ce qui arrivait, il se trouva lui-même entraîné par le fond sans pouvoir offrir la moindre résistance. L'eau, déjà fortement colorée par la boue, était devenue complètement opaque. Un nouvel éboulis s'était produit sur la levée. La terre s'était affaissée entraînant avec elle fascines, pavés, madriers, matériaux de toutes sortes. Tourangeau se trouvait à son tour immobilisé par les gravats. Ses poumons ne contenaient déjà plus beaucoup d'air. Il aurait dû se débattre, s'agiter pour se dégager, au lieu de cela, il resta calme,

331

comme s'il acceptait son sort. Il ne tenta pas sa chance, estimant qu'il n'arriverait pas à libérer ses jambes. Il ne lâcha par le corps de Manolo, au contraire, il s'agrippa à lui comme pour trouver la force d'accepter la mort. Il pensa à *La Confiance* qui gisait à quelques mètres d'eux. Elle n'avait jamais connu d'autres eaux que celles de la Loire. Là, elle devait être bien, en un lieu familier. Attendant l'instant ultime avec calme, Tourangeau libéra la dernière bouffée d'air de ses poumons. Les bulles, qui remontèrent à la surface, explosèrent en répandant son dernier message : Adieu, Marie !

Pressée par le courant, une voile immergée se déchira. Tel un linceul, un pan de voile vint s'enrouler autour des deux corps sans vie…

Épilogue

Le vendredi 6 juin 1856, la Loire renonça à son projet d'annexion de terres nouvelles et se résigna à regagner son territoire habituel. Elle revint à un niveau plus sage : quatre mètres soixante.

Derrière elle, elle laissa un spectacle de désolation. Gens hébétés après des jours et des nuits d'épouvante. Gens affamés. Gens à la recherche de leur famille dispersée, dans la ville et les faubourgs. Gens de peu de biens, réduits à la misère. Gens inconsolables, gens révoltés, gens affaiblis, gens accablés, gens affligés.

Sans abri, sans nourriture, sans vêtements, sans argent, menacés par la fièvre, l'infection, entourés par la putréfaction, enlisés dans la vase, la boue, il fallait survivre.

La solidarité se manifesta hors et dans la ville. Le bruit se répandit que l'Empereur allait visiter les sinistrés du littoral de la Loire.

Samedi 7 juin 1856…

Tandis que Napoléon III observait d'une barque les dégâts commis dans la ville de Tours, des cris parvinrent jusqu'à lui depuis les fenêtres des étages des maisons.

– Vive l'Empereur !
– À bas le canal !
– Le pain à trente sous !

S'adressant à la foule, il répondit :

« La première question sera examinée et étudiée. Pour la seconde, c'est à Dieu seul et à la Providence d'y pourvoir ! Ayez confiance, Tours ne peut périr, Tours ne périra pas ! »

Du même auteur

La Fabrique de frivolité, éditions de l'Ornal, mai 2013

Normandie Connexion, éditions de l'Ornal, 2009

La Belle Confiance, éditions de l'Ecir, 2007 – Roman historique sur la marine de Loire

Voyages sur la Loire – À plaisir et à gré le vent, éditons CLD, 1998 – Recherche littéraire et iconographique sur cinq siècles de voyages sur la Loire

Les Girouettes, éditions J.-C. Godefroy, 1988 – Seconde étude sur l'art des girouettes

Le Colporteur et le marinier des bords de Loire, éditions CLD, 1986 – Roman historique sur la marine de Loire, seconde partie. Prix de Littérature du Lion's Club, 1987. Publication en feuilleton dans *L'Écho de Touraine*

Tourangeau, marinier sur la Loire, éditions CLD, 1984 – Roman historique sur la marine de Loire, première partie

Vous avez aimé ce livre ?

ANÉPIGRAPHE EDITIONS vous propose **cinq versions de ce texte**, à offrir ou à s'offrir :

- La **version originale** au format 13,5 × 19,5 cm.

- La **version en grands caractères** : au format 16,5 × 24 cm, imprimée en utilisant la police Luciole corps 18, spécialement conçue pour les personnes ayant une déficience visuelle, qui reprennent ainsi goût à la lecture.

qui reprennent ainsi goût à la lecture.

extrait en taille réelle

- La **version luxe reliée cartonnée** au format original soit 13,5 × 19,5, avec tranche fil et signet, version idéale pour un cadeau à offrir, ou à s'offrir pour sa bibliothèque.

- La **version luxe reliée cartonnée en grands caractères corps 18**, au format 16,5 × 24, avec tranche fil et signet, pour un cadeau à offrir, ou à s'offrir pour sa bibliothèque.

- La **version au format epub**, lisible sur votre smartphone, sur tablette ou sur liseuse.

Laissez-vous tenter !

anepigraphe-editions.fr *est à votre disposition, avec d'autres livres à lire, à partager, à offrir.*

Et n'hésitez pas à vous abonner gratuitement à notre lettre d'information pour connaître nos prochaines éditions.

ANÉPIGRAPHE EDITIONS

anepigraphe-editions.fr

Imprimé par BoD Allemagne

FSC
www.fsc.org
MIXTE
Papier issu
de sources
responsables
Paper from
responsible sources
FSC® C105338